Née en Bretagne, Irène Frain est agrégée de lettres classiques. Romancière, historienne et journaliste, elle a publié une vingtaine d'ouvrages. Parmi ses romans : *Le Nabab* (1982), *Secret de famille* (1989), *Devi* (1993), *L'Homme fatal* (1995), *Les Naufragés de l'île Tromelin* (prix Relay du roman d'évasion et Grand Prix Palatine du roman historique – 2009), *Marie Curie prend un amant* (2015) et *La Fille à histoires* (2017).

Irène Frain

LA FILLE
À HISTOIRES

Éditions du Seuil

TEXTE INTÉGRAL

ISBN 978-2-7578-7148-5
(ISBN 978-2-02-134194-2, 1re publication)

Écrire, c'est détruire les barrières.

Michel Butor

1

Une légende court les déserts du nord de l'Inde, répandue par des hommes qui font leur métier de colporter des histoires. Ils sont pauvres mais on les vénère. Ils doivent ce respect à leur science des mots, des hommes et du Temps.

On leur a demandé d'où ils la tiennent. Ils ne savent expliquer la vie qu'à travers des histoires, ils ont répondu par une histoire. Entre deux existences, ont-ils dit, leur âme migre sous les sables et s'en va boire à l'eau d'un fleuve souterrain. Ils sont seuls à le connaître. À les en croire, son courant est intarissable et extrêmement limpide. C'est l'Eau de la Mémoire. Leur âme acquiert ainsi l'intelligence des contes, des épopées, de l'Histoire et des histoires. Une fois sa soif étanchée, elle se réincarne et les Errants – c'est le nom de ces conteurs –, forts d'une toute neuve cargaison narrative, recommencent à sillonner le désert.

Leur vie, depuis des siècles, ne change pas. Ils s'en vont au hasard des routes et, moyennant quelques piécettes, livrent à qui veut – hommes, femmes, enfants, indifféremment, jeunes et vieux, paysans, cantonniers, brigands, prostituées, pèlerins, montreurs de marionnettes, danseurs, marchands de tout et de rien – quelques-uns de ces récits qu'ils prétendent avoir bus à l'eau du fleuve souterrain.

Leurs clients, pour certains, sont nés dans des contrées éloignées ; ils ignorent où ils ont puisé leur inspiration. Comme aux écrivains, ils demandent : « Où trouvez-vous vos histoires ? » Les Errants ne s'embarrassent pas de justifications et encore moins de longs développements. Ils se bornent à reprendre la légende de l'Eau de la Mémoire et du fleuve qu'ils sont seuls à voir. Puis ils concluent avec aplomb : « Si l'on n'a pas bu de cette eau-là, si l'on ne s'est pas désaltéré aux récits des Vieilles Époques et que l'on n'est pas retourné à l'origine des origines, on ne sait rien, ni de soi, ni de ce qu'on fait sur terre, ni de ce que sont les humains. » Et ils reprennent leur route pour proposer aux gens qu'ils rencontrent de quoi rester éveillés la moitié de la nuit, même quand ils sont morts de fatigue.

Leurs clients en ont toujours pour leur argent. Non seulement ils passent un bon moment, mais à la fin de l'histoire ils sont convaincus de s'être régénérés, eux aussi, à l'eau du fleuve secret. D'y avoir trouvé d'excellentes raisons de croire en eux-mêmes et, mieux encore, dans la route qu'ils ont choisie pour faire le voyage de la vie.

Je connais cette légende depuis peu. Dès que j'en ai eu vent, je me suis reconnue dans ces Errants. Ma vie se confond avec mes histoires. Celles que j'ai écrites, et d'autres, beaucoup plus anciennes, que je me suis racontées à voix basse quand j'étais petite. Mais je suis loin d'avoir l'aplomb des Errants. Eux se sont arrangés pour que leurs enfants et les enfants de leurs enfants se marient exclusivement avec d'autres Errants. À la longue, ils ont fini par former une caste étroitement soudée par ses façons d'être, la vie nomade, une mémoire féroce des temps anciens, la foi dans la puissance des légendes et des récits, le mythe de la migration périodique de leurs âmes sur les rives du fleuve invisible. L'écrivain, lui, est seul. Sa parentèle, au mieux, voit en lui un être à part. Excentrique, un peu baroque, « spécial », dit-on parfois. Le plus souvent, il dérange les siens, les inquiète.

C'est compréhensible. Il passe son temps à interroger des énigmes et tenter de les déchiffrer ; s'il entreprend d'explorer cette accumulation de petits et grands secrets qui cimente sa tribu, comme toutes les familles, elle se sentira en danger. Entre la fidélité au groupe et la liberté, l'écrivain choisira toujours la liberté.

Il arrive aussi que, dans la famille où il a grandi, le chemin de l'écriture soit entouré de peur et d'interdit. C'est mon cas. Je l'ai compris parce qu'à la question classique des lecteurs : « Écriviez-vous, enfant ? », je répondais chaque fois « non », alors que j'avais l'impression rigoureusement inverse d'avoir toujours vécu par et pour les histoires ; et même d'avoir écrit avant d'avoir tenu le moindre stylo – l'époque où, vers cinq ans, je me suis inventé un monde parallèle et des personnages dont je me racontais les aventures tout bas. Cet univers n'appartenait qu'à moi et l'idée ne m'a jamais effleurée de lui donner une forme écrite, même quand mes institutrices m'ont initiée à l'exercice scolaire qu'on appelait « rédaction » et que j'y ai pris goût. Dans ma famille, hors l'école, toute tentative d'écriture était taboue.

Je n'osais pas le dire à mes lecteurs. Ni évoquer ces imaginations enfantines.

Cet embarras a fini par m'intriguer. Dans un premier temps, je l'ai attribué au milieu dans lequel je suis née. Les instituteurs de mes parents leur avaient enseigné la grammaire et l'orthographe à grand renfort de punitions et coups de règle sur les doigts. La méthode avait cours partout, même dans les écoles les plus huppées. Pour les enfants de pauvres, elle fut particulièrement traumatisante. Tels leurs vêtements usés ou faits de pièces et de morceaux, leurs fautes de langue étaient le signe éclatant qu'ils étaient nés du mauvais côté de la barrière.

Mes parents étaient vifs et appliqués. Ils avaient vaincu ce handicap mais ces séances d'humiliation publique les avaient marqués. Écrire était un calvaire pour ces petits ouvriers qui avaient bataillé dur avant de s'extraire de la misère – mon père, ancien garçon de ferme, avait appris son métier de maçon sur le tas puis s'était battu pour devenir professeur de maçonnerie ; ma mère, pendant la guerre, n'avait dû sa survie qu'à ses talents de couturière. Ils n'écrivaient que contraints et forcés, lorsqu'ils étaient confrontés à des difficultés administratives ou redoutaient de ne pouvoir boucler une fin de mois. La seule idée de commettre dans leur courrier une faute de syntaxe ou d'orthographe, d'employer un terme qui n'était pas le bon, de mal s'y prendre dans l'exposé de leur requête les rendait blêmes. Ils rédigeaient leurs lettres à deux ; il s'en trouvait toujours un pour murmurer à l'autre : « On est des petits, des gens simples, il faut faire très attention. Sinon on va nous mépriser, jeter notre lettre au panier. » Et il fallait les voir : hésitants, tremblants, persuadés qu'ils risquaient leur peau à chaque mot, même quand ils n'en étaient qu'au stade du brouillon. Ensuite ils le recopiaient, ce brouillon, de la même main scrupuleuse et apeurée, sur un petit bloc de papier à lettres rayé de lignes bleues. Leur terreur, cette fois, était de ne pas suivre les lignes, d'« écrire de traviole » – c'était leur mot.

Aussi, entendre un instituteur déclarer que leurs enfants étaient « bons en français » – ils l'ont tous été –, représentait bien plus qu'une fierté : une sécurité. Leurs enfants, mieux qu'eux, s'en sortiraient.

Ils n'étaient pas ignares, loin de là. Tous les deux, ils avaient obtenu haut la main leur certificat d'études. S'ils n'avaient pas été contraints de quitter l'école pour gagner leur vie, ils auraient passé le bac sans encombre et seraient devenus – encore une expression d'époque – de « brillants sujets ».

Ils avaient lu. Pendant les cinq années de guerre, pour l'essentiel, et chacun de son côté puisque le conflit les avait séparés. Des livres prêtés ou achetés sur le peu dont ils disposaient, Chateaubriand, Lamartine, Hugo, Verlaine, Zola, Colette, jusqu'au Barbey d'Aurevilly des *Diaboliques*.

De ces écrivains, ils ne connaissaient, au mieux, qu'un épisode biographique. L'exil à Guernesey pour Hugo, l'affaire Dreyfus pour Zola ; et, pour Colette, l'impossibilité d'entrer à l'Académie française – l'institution était encore fermée aux femmes. Mais le plus souvent, les écrivains se résumaient à leur nom. Comme la plupart des Français jusqu'aux années 1970, ils n'en avaient jamais rencontré. La télévision n'existait pas, les Salons du livre non plus ; aucun éditeur n'aurait pensé à envoyer un auteur rencontrer son public à l'autre bout de la France. Aussi les écrivains restaient-ils, pour eux, des émanations immatérielles qui allaient et venaient entre les pages de leurs livres et leur voulaient du bien. Leurs romans et leurs poèmes les avaient soutenus dans la difficulté ou le malheur, cela seul comptait.

Mais, paradoxalement, ils attribuaient à ces fantômes une réalité sociale et une localisation – Paris, toujours. Et, tels les Indiens face aux Errants, ils voyaient en eux une caste. Fermée, inaccessible. Si, par extraordinaire, je leur avais dit : « Je veux devenir écrivain » – ce qui ne m'est jamais arrivé, telle était la puissance du tabou qui, dans ma famille, entourait l'écriture –, ils m'auraient répondu : « Tu es complètement folle ! C'est pas pour nous ! »

*

Écrire, dans ma famille, restait donc un acte purement administratif ou scolaire. Je voyais mes parents adresser des lettres à la Sécurité sociale, aux allocations familiales, aux services de la mairie, aux fonctionnaires du fisc, tandis que nous, les enfants, nous faisions des rédactions. En dehors de ces textes d'obligation, seules quatre pratiques d'écriture étaient admises, qui relevaient elles aussi de l'astreinte ou, au mieux, des convenances : les cartes postales, les cartes de vœux, les lettres de condoléances, le courrier à la famille et aux amis.

Dans ces écrits, le non-dit était de rigueur. On n'y ménageait aucun de ces effets de surprise, suspense, déroutement, rebondissement, tout ce qui fonde une histoire. Et de soi, on ne livrait quasiment rien. On énumérait des micro-événements, on dévidait des suites de faits. Tout juste les reliait-on d'« ensuite », « alors », « après ».

Mes parents n'ont transgressé cette règle qu'au moment de la guerre. Avant leur mariage, ils n'avaient pas eu à s'écrire des lettres d'amour, ils vivaient à cinq cents mètres l'un de l'autre. Séparés par le conflit, ils n'ont pas cessé de s'écrire, s'écrire vraiment : se confier, s'abandonner, construire des mini-récits, chercher un sens au malheur qui leur volait leur jeunesse. Malgré la censure allemande, leur plume, à ce moment-là, fut vive et sûre, elle n'a jamais tremblé. Puis ce fut la paix, ils se sont retrouvés et sont devenus leurs propres censeurs. Dès qu'ils avaient un stylo en main, ils n'étaient que contrainte, méfiance, peur, raideur, gravité.

Ils ont accordé beaucoup de prix à leur correspondance de guerre. Sans se concerter, l'un en Allemagne, l'autre en Bretagne, ils ont réussi à la sauver des vicissitudes innombrables qu'ils ont dû affronter, fuites anxieuses dans la neige ou sous la pluie, bombardements, inondations, incendies, transbahutages hasardeux dans des camions, trains, charrettes. À nous, leurs enfants, ils ne cachèrent pas son existence. Nous étions même au fait de l'endroit où ils la conservaient : dans un recoin du grenier, au fond d'une valise de carton noir et cabossé. Nous savions aussi que nous ne devions pas y toucher. Personne, pourtant, ne nous l'avait signifié.

J'étais fouineuse, j'aurais pu violer l'interdit. Ça ne m'a pas tentée. La seule vue de cette valise me donnait la chair de poule ; je m'en suis toujours tenue à bonne distance. Comme le tabernacle à l'église, elle me semblait receler un secret effrayant ; et quand j'ai claqué la porte de la maison, l'année de mes dix-sept ans, je me suis empressée de l'oublier, jusqu'au jour où, des années plus tard, mon père me l'a confiée.

J'ai attendu que mes parents soient morts pour l'ouvrir. Elle n'était pas verrouillée mais c'était évident, personne, depuis la guerre, n'avait touché aux dizaines de lettres et carnets qui s'y entassaient. L'Eau de la Mémoire, depuis tout ce temps, était restée dormante. Nul n'était allé s'y abreuver, l'interdit avait perduré.

Ça m'a intriguée et, à force de m'interroger, il a fini par m'apparaître que, dans ma famille, il n'y avait pas un, mais deux interdits, d'une nature tout à fait différente. L'un touchait au passé de mes parents ; et le second à la pratique de l'écriture.

Le premier, je l'avais respecté. Du vivant de mes parents, je n'avais pas ouvert la valise. L'autre, en revanche, en publiant des livres, je l'avais spectaculairement transgressé.

Mes quatre frères et sœurs, eux, n'avaient violé aucun des deux interdits. Ils ne s'étaient pas interrogés sur leurs origines et n'avaient rien écrit. Ou plutôt, ils ne s'étaient pas « lancés » – c'était le mot de mon père lorsqu'il me parlait de mes premiers livres ; il prenait un air très grave avant de proférer ce « lancé », à croire qu'en publiant j'avais sauté du haut de l'Everest en parapente.

Puis je me suis dit : « Et si ces deux tabous n'en formaient qu'un ? S'il ressemblait à cet aigle bicéphale qui figure sur certains blasons ? En ce cas, à l'interdit familial sur l'écriture, il y a une autre origine que mes origines. » Et il m'est aussitôt revenu un incident qui avait eu lieu au moment de la parution de mon deuxième livre. Apprenant que j'allais participer à une émission de télévision qui réunirait plusieurs écrivains, ma mère a bondi sur son téléphone et m'a appelée :

– Je ne veux pas que tu y ailles. Je t'interdis !

Plus de vingt ans que j'avais quitté la maison, ma réponse ne s'est pas fait attendre :

– Et pourquoi ?

Elle est restée muette. J'ai insisté :

– Tu as bien une raison !

Elle a maintenu :

– Je t'interdis. Tu n'iras pas.

Moi aussi, j'ai maintenu :

– J'irai. Et ce soir, allume ton poste.

J'ignore si elle a regardé l'émission. Elle ne m'en a pas parlé.

J'ai oublié l'incident, jusqu'au jour où, cinq ans plus tard, elle m'a encore jeté ce « Je t'interdis » à la face. Le déclencheur, cette fois, était un roman que j'avais intitulé *Secret de famille*. Une pure fiction, des personnages, des décors, une histoire qui n'avaient rien à voir avec notre famille.

Ce jour-là, elle a attendu de me voir pour me signifier son interdiction. Nous étions seules dans sa cuisine, je venais d'arriver, elle m'avait servi du thé. À son habitude, elle se taisait, ne me disait rien de sa vie, ne me questionnait pas sur la mienne. Pas un mot non plus sur mon livre. J'y étais accoutumée, jamais un commentaire, ni critique ni compliment.

Cette fois, cependant, son silence m'a paru d'une nature différente. Elle avait quelque chose sur le bout de la langue, c'était manifeste, dont je n'avais à attendre rien de bon ; et elle reculait le moment de se jeter à l'eau.

Je me suis dépêchée de boire mon thé. Puis, avec la même hâte, j'ai lavé ma tasse dans l'évier et me suis retournée pour me diriger vers la porte.

Elle s'était mise en travers de mon chemin. Durcie, raidie, habitée d'une énergie phénoménale, d'autant plus impressionnante qu'elle était petite et plutôt ronde. Une autre femme.

J'ai sursauté, bafouillé je ne sais quoi. Elle couvrait déjà ma voix :

– Je t'interdis d'écrire sur notre famille !

Sa phrase avait pris la forme d'un cri – on aurait dit une réponse à une annonce que je venais de lui faire et qui l'avait jetée en fureur. J'ai encore sursauté.

– Notre famille ? Qu'est-ce qui te prend ?

– Je t'interdis.

– Mais je n'ai pas l'intention d'écrire sur notre famille !

– Je te préviens, je t'interdis !

M'interdire l'accès à notre passé – mon passé ? Et m'interdire d'écrire ? Me le signifier ainsi, en me barrant le passage, les yeux enfoncés dans les miens, sûre d'elle et comme enchantée de voir que son injonction me laissait sans mots, sans voix, coincée dans le cul-de-sac de cette cuisine, interdite en somme dans tous les sens du terme, effarée, ne sachant que dire, que faire, que comprendre – pourquoi ne m'interdisait-elle pas de vivre, en fin de compte ?

J'ai réussi à affronter son regard. Elle a molli. Je suis sortie.

Il a duré quoi, ce bout de scène ? Une demi-minute ? Même pas. Mais contrairement à son premier « Je t'interdis ! », celui qu'elle m'avait lancé au téléphone, je n'ai pas réussi à l'effacer. Périodiquement, il me retraversait l'esprit, et c'étaient les mêmes questions : « Qu'est-ce qui lui a pris, à ma mère, ce jour-là ? Il y aurait quelque chose à cacher, dans notre famille ? »

Elle avait tenté le diable-écrivain.

2

Est-ce le même démon qui habite l'âme des Errants et les pousse, entre deux vies, à rejoindre les rives du fleuve invisible ? Quelques années plus tard, fatiguée de m'interroger, j'ai choisi, comme eux, de m'en aller boire à l'Eau de la Mémoire. J'ai réuni de vieilles photos, retrouvé les lieux où j'avais passé mes premières années, questionné des proches, des voisins, des amis qui se souvenaient de ce temps-là. Ma mère l'a su, mon père aussi : je le leur ai dit. Sans leur cacher que, de ce retour aux sources, je m'apprêtais à faire un livre.

Ça s'est aussi passé dans la cuisine, et mon père était présent. Pas de « Je t'interdis », ce jour-là, ni la moindre mise en garde.

Pas d'encouragement non plus. Le silence. Je me suis cru libre d'écrire.

Je viens de relire ce livre [1]. À une quinzaine d'années de distance, et maintenant que mes parents sont morts, je trouve qu'il s'apparente à ce qu'on appelle en archéologie les « fouilles d'urgence ». Au moment de tracer une autoroute ou de creuser les fondations d'un parking, des ouvriers tombent sur les ruines d'une

1. *La Maison de la source*, Fayard, 2000.

époque reculée. On arrête le chantier, on laisse la place à des archéologues, qui n'ont pas beaucoup de temps pour fouiller, la suspension des travaux coûte cher. Lorsqu'ils exhument des objets ou des restes de bâtiments, ils s'abstiennent de s'interroger sur leur fonction, ce qui a pu causer leur destruction, leur abandon ou, au contraire, leur parfait état de conservation. Ils parent au plus pressé, préservent les vestiges du mieux qu'ils peuvent, entreposent leurs découvertes dans une réserve. Pour l'interprétation, ils verront plus tard, quand, grâce à d'autres fouilles et à force de recoupements, ils seront à même de leur donner un sens. De la même façon, dans ce livre où j'ai reconstitué mes premières années, tout se trouve, du secret de mes parents, et de ce qui m'a poussée à braver le tabou de l'écriture. Mais à l'état brut. Pas de déchiffrage : de ces éclats de mémoire que je venais d'exhumer, je n'avais pas la clé.

D'autres la détenaient, semble-t-il. Ce livre n'était pas arrivé sur les tables des libraires que la foudre s'abattit sur moi. En moins de quinze jours, deux lettres avocassières furent adressées à mon éditeur. Elles fulminaient, elles menaçaient. Mon livre ne pouvait pas, ne devait pas exister.

Les deux lettres étaient signées d'une de mes sœurs.

À l'évidence, mon père n'en avait pas eu vent. C'est moi qui l'ai averti. À son tour, il est tombé des nues. Puis il m'a écrit. Pour me dire, en substance : « Ton livre a le droit d'exister. Tu n'as rien inventé, tout ce que tu écris est vrai. Et te lire m'a rendu très heureux. »

Il s'exprimait en patriarche menant sa tribu d'une main ferme. Qui connaît par le menu les travers des siens – tous les siens – et reste malgré tout bienveillant, équitable, soucieux à chaque instant de faire la part des choses.

« C'est une lettre magnifique, s'est enthousiasmé un proche à qui je l'avais montrée. Celle qu'Abraham aurait adressée à sa tribu. Et vous avez vu ? Il vous laisse libre d'écrire tout ce que vous voulez ! »

J'en ai pleuré. Je n'en revenais pas, que mon père m'ait affranchie du vieux tabou. Et il l'avait fait par écrit !

Aussitôt, je suis passée à un autre livre. Réincarnée, on aurait cru, telles les âmes des Errants après qu'elles ont étanché leur soif à l'eau du fleuve invisible.

*

Ensuite mon père a décliné. Son vœu, alors, fut que j'écrive sur lui.

Il me le fit savoir à demi-mot. Quand nous nous retrouvions, sans attendre mes questions, il me livrait des bribes de son passé, me suggérait des pistes de recherches. Certaines de ces indications me concernaient. Le plus souvent, il restait flou ou tenait des propos sibyllins. J'aurais bien aimé en savoir plus, mais je n'osais pas le questionner. Ma mère était là et je la sentais tendue.

Elle aussi, de loin en loin, me lâcha des bouts de récit. De façon abrupte, toujours, sans rapport avec l'objet de la conversation, des phrases rudes, elliptiques ; elle se refermait très vite. Une vérité – laquelle ? – avait subitement affleuré et s'était aussitôt abîmée dans un gouffre. De ces échanges, je ressortais toujours abattue. Un jour, enfin, mon père m'abandonna la valise noire qui m'effrayait tant lorsque j'étais enfant. Il eut ce jour-là un regard fataliste – un naufragé qui jetait une bouteille à la mer.

Je ne l'ai pas ouverte. Il est mort sans que j'aie décrypté son histoire et celle de ma mère. Quelque chose, encore une fois, me l'a interdit.

Puis un beau matin, sur un coup de tête, je suis retournée boire au fleuve de la mémoire. J'ai ouvert la valise, enquêté sur mon père et – c'était prévisible – commencé d'écrire un livre sur lui[1]. Mais, alors que j'en étais à la moitié et que je relisais ses carnets et sa correspondance de guerre, ma mère, à ma plus grande stupéfaction, s'est invitée dans ce livre. En moins de vingt-quatre heures j'ai vu clair. Mon père ne l'avait jamais aimée. Sauf à distance, pendant les cinq ans où la guerre l'avait tenu éloigné d'elle. Elle s'en était aperçue tardivement, quelques années après son retour d'Allemagne, lors d'une dispute. Ce jour-là, elle avait compris que son jeune et beau mari n'avait eu qu'une passion, une maîtresse qu'il avait connue bien avant leur mariage. Cette femme avait rompu et il ne s'en était jamais remis. Elle, Simone, il l'avait épousée par dépit – par commodité aussi.

Son Jean était le cœur de sa vie, cette découverte l'a anéantie. Elle n'a plus été la même. Puis, accident, je suis née. Alors elle m'a repoussée.

C'était une révélation et ce n'en était pas une. Elle m'a secouée, mais je l'ai reçue comme une évidence. J'avais toujours su que ma mère ne m'aimait pas ; et depuis quelques années, il me semblait que tous mes écrits, de façon subreptice, avaient partie liée avec des

1. *Sorti de rien*, Seuil, 2013.

événements confus qui s'étaient passés aux alentours de ma naissance.

Ne pas être aimé de sa mère ou de son père est tristement banal, le monde est peuplé de fils et filles qui ne s'en consolent pas. Mon histoire avec ma mère – l'origine de mes histoires – est un peu plus singulière. Elle aurait bien voulu m'aimer. Elle n'a pas pu.

3

Ce sont des choses qui arrivent. Son cas est loin d'être isolé. De nos jours, ces femmes sont repérées et aidées. On les appelle souvent « mères rejetantes », une association de mots qui fait sursauter : comment une mère peut-elle rejeter son enfant ? Certains médecins, du coup, préfèrent parler de « mères dépressives ». L'expression est plus floue. Elle induit aussi l'idée d'une souffrance.

C'est vrai, ces femmes sont malheureuses. Elles n'ont aucune estime d'elles-mêmes, se sentent méprisables et sans valeur. Un traumatisme ancien – souvent la rudesse de leur propre mère – les a transformées en écorchées.

Leur mal passe longtemps inaperçu. Elles peuvent s'amuser, tomber amoureuses, se marier, avoir des enfants et les adorer, et soudain, sans le moindre signe avant-coureur, un incident rouvre la vieille blessure. Si elles ont un bébé dans les mois qui suivent, elles n'arrivent pas à nouer un lien avec lui. Dès la naissance, elles le repoussent. Ou se montrent incapables des gestes qui font la « bonne mère ».

C'est à cette impuissance qu'on les dépiste. Les soins qu'elles prodiguent à leur enfant, au mieux, sont mécaniques. Au pire, elles le maltraitent. Ou le surprotègent, ce qui est tout aussi alarmant.

Ma mère, elle, a tout fait pour donner le change. La plupart du temps, elle a réussi.

*

Les heures qui suivent la naissance sont cruciales, disent les médecins, la moindre anicroche peut s'avérer déterminante.

Nos premiers moments, à ma mère et à moi, sont particulièrement rocambolesques. Elle n'a pas désiré cette grossesse, mais après ses deux filles elle aurait bien aimé – « tant qu'à faire », comme elle me l'a dit un jour – accoucher d'un garçon. Dans sa famille, la plupart des femmes de son âge ont un fils – sa sœur, par exemple. Sa plus proche cousine a battu tous les records : elle en a eu quatre.

Devant son troisième bébé fille, elle ne s'est jamais sentie aussi méprisable. La détresse qu'elle éprouve est encore plus profonde que le jour où elle a découvert que son mari, le si bel homme qui l'avait épousée et sauvée, a-t-elle cru, de l'emprise de sa mère, n'avait rien du merveilleux chevalier blanc qu'elle s'était inventé.

Et voici qu'on lui annonce : « Cette petite fille ne vivra pas. » Elle se sent soulagée, j'imagine. Pour autant, il faut déclarer la naissance, choisir un prénom pour ce bébé de passage. « Qu'est-ce qu'on met ? » lui demande son mari. Elle ne répond pas. Il insiste. Elle se referme encore.

Il pourrait choisir ce prénom lui-même ; il lui suffirait de se référer à la liste qu'il a dressée dans une lettre expédiée à sa femme pendant la « drôle de guerre », quelques semaines avant la naissance de sa fille aînée. Il y avait inscrit trois prénoms de garçon et trois prénoms de fille. Les deux premiers, Solange et Chantal, ont servi à baptiser son aînée et sa cadette. Il en reste un, Martine.

Il oublie cette liste – l'émotion, sans doute, devant ce bébé qu'on dit condamné. Mais l'heure tourne, il est urgent de le déclarer à l'état civil. Il revient à la charge : « Alors, pour le prénom du bébé ? » L'accouchée, cette fois, sort de son silence : « Irène ! »

Irène, c'est la femme qu'il a si passionnément aimée avant de rencontrer ma mère, et qui a refusé de l'épouser. La belle doit s'en mordre les doigts ; il y a une quinzaine de mois, elle lui a écrit pour le relancer.

Ma mère a ouvert sa lettre. Ce fut l'incident fatal, elle s'est effondrée. Puis, lors d'une scène dont mon père, dans un agenda, suggère qu'elle fut cataclysmique, elle a forcé son mari à lui jurer que jamais, au grand jamais, il n'aurait plus le moindre contact avec l'intruse.

Il a tenu parole. Peine perdue. Depuis, elle n'est que reproche. Chaque matin, il y a de la scène dans l'air. Même ici, à l'hôpital. Lui répondre : « Appelle-la Irène ! », c'est une provocation.

Elle est alitée dans une de ces grandes chambrées si fréquentes dans les maternités de l'époque. Mon père le sait : un seul mot, et tout peut exploser.

L'enfant est mourant. Il ne discute pas, confie le livret de famille à la sage-femme, qui court quelques heures plus tard à la mairie déclarer le bébé. Comme il le lui a demandé : sous le prénom de son ex-maîtresse. À quoi ça engage, puisque l'enfant va mourir ?

*

Je n'avais pas quatre ans lorsque mon père m'a raconté cette déclaration de naissance. Il y est revenu très souvent, en présence de ma mère, qui ne pipait mot. Son récit n'a jamais varié, même quand il a commencé à décliner. À la première occasion, il le reprenait. Toujours la même scène, au mot près : dès qu'il apprend ma naissance, il quitte l'hôpital, saute sur son vélo, file à la mairie, où, à l'annonce de mon prénom, l'employé en charge de l'état civil est saisi d'enthousiasme et s'écrie : « Irène, la petite reine ! » L'acte de naissance, qui porte la signature « Gisèle Carrette », contredit cette attendrissante saynète. C'est la sage-femme – de façon très inhabituelle, assurent les services de la mairie –, et non le père, qui est venue déclarer le nouveau-né.

Mon père était de ces hommes qui préfèrent le silence au mensonge. De cet épisode, cependant, il a tout inventé. Délibérément, et le plus tôt possible, comme pour tuer les questions dans l'œuf. Sans imaginer un seul instant que ma mère pourrait me livrer tout ou partie de la vérité.

Elle l'a fait. Quarante-huit heures après ma naissance, me confia-t-elle un jour, j'étais encore entre la vie et la mort. Surgit alors ma grand-mère, une de ces matriarches à poigne et à coiffe comme la Bretagne de l'après-guerre, jusqu'aux années 1970, en compta encore des milliers. Elle n'a qu'une terreur : que l'âme de sa petite-fille n'aille s'engluer dans les marécages qui s'étendent à la lisière de l'enfer et que l'Église appelle les limbes. Les bébés défunts n'y sont certes pas rôtis à feu vif comme les adultes non baptisés, mais tout de même, ils sont condamnés à y séjourner jusqu'au Jugement dernier en très mauvaise compagnie, celle des enfants de païens. Elle veut donc organiser un ondoiement, un baptême express sans parrain ni marraine ni aucune forme de cérémonie. Le prêtre se borne à asperger le front du nouveau-né de gouttes d'eau bénite en chuchotant une formule sacramentelle et le tour est joué : sitôt mort, le bébé sera propulsé au paradis.

Le simili-baptême, rituellement, se déroule à la chapelle de l'hôpital, un lieu où, le plus souvent, on ne célèbre que des messes d'enterrement. Ma grand-mère prend tout en main, harponne l'aumônier – « Oui, madame, je comprends, il y a urgence, on vous arrange ça tout de suite » –, m'extrait de mon berceau, petit paquet de vie vacillante qu'elle emmitoufle jusqu'au nez de maillots et lainages avant de l'emporter à la chapelle. Un quart d'heure plus tard, j'ai mon billet pour le ciel.

Effet de l'eau bénite ? Contagion de la prodigieuse énergie de ma grand-mère ? Le lendemain, mon vol direct pour le paradis est annulé. Le médecin a changé d'avis, le bébé va vivre.

L'ennui, c'est qu'il s'appelle Irène. Avec ces syllabes, ma mère, jusqu'à la fin de ses jours, ou des miens, est condamnée à ressusciter sa rivale – plus exactement la mémoire de l'ennemie qu'elle s'est inventée puisque mon père respectera son serment, ne reverra pas sa belle amoureuse des années 1930 et, semble-t-il, ne trompera jamais sa femme.

*

J'ai reconstitué ce scénario grâce aux agendas et aux carnets de mon père, découverts avec sa correspondance de guerre au fond de la vieille valise. Mais les confidences de ma mère m'ont aussi mise sur la piste. Son premier récit, qu'elle me fit l'année de mes dix ans, est le plus saisissant.

Je lui avais demandé, comme font souvent les enfants : « Où est-ce que je suis née ? » Nous nous trouvions au grenier. De l'unique fenêtre, on apercevait l'hôpital. Elle me l'a pointé : « Là », et, dans la foulée, m'a dévidé en son entier le récit de l'ondoiement.

Elle l'a ouvert sur la scène où ma grand-mère déboule dans la chambrée des accouchées et s'écrie : « Je ne veux pas que ce bébé soit un païen ! » Puis, elle a enchaîné sur un assez long développement où elle m'a expliqué par le menu ce qu'est un ondoiement, avant de conclure sur le revirement du médecin qui me déclare, en fin de compte, bonne pour le service.

Son récit était si vivant que j'ai cru y être. J'ai vu ma grand-mère extraire du berceau un bébé à moitié mort, courir à toute vitesse à la chapelle, le présenter à un prêtre qui tire une tête d'enterrement. Puis je suis ondoyée – quel mot bizarre, il sonne comme « noyée ». Aussitôt, le bébé ressuscite. Tout juste s'il ne lui pousse pas des ailes dorées dans le dos.

Ce petit film m'a quand même laissée sur ma faim. Je n'ai pas pu résister, j'ai demandé à ma mère :

– Pourquoi tu m'as appelée Irène ?

La question me turlupinait, j'avais entendu des parentes ou des voisines la lui poser, en ajoutant : « C'est plus de mode, ce nom, pourquoi vous avez choisi ça ? »

Elle éludait toujours. Et moi, avec la même constance, dès que nous étions seules, j'y revenais.

J'insistais d'autant plus que ses réponses variaient. Selon les jours, ce prénom était le choix de mon père ou le sien. En ce cas, elle me disait crûment qu'elle n'avait prévu que des prénoms de garçon et qu'elle avait dû improviser. Elle se référait alors à des célébrités. J'avais ainsi eu droit à Irène Joliot-Curie et, une autre fois, à la princesse Irène de Grèce : « Elle était née le même jour que toi, j'ai vu son nom dans le journal et ça m'a plu. » L'altesse, en réalité, était née un autre jour, et des années avant moi.

Cet après-midi-là, cependant, au grenier, ma mère n'était pas d'humeur à inventer. Elle n'a pas répondu à ma question.

J'ai pris un biais :

– Pourquoi je devais mourir ?

Elle a eu une moue, l'air de dire : « C'est loin, j'ai oublié. »

Je voulais à tout prix en savoir plus, je suis revenue à la charge. En biaisant, encore une fois :

– Je suis pas morte, alors ?

– Probable.

*

Après la mort de mes parents, tandis que j'inventoriais le contenu d'un carton, je suis tombée sur mon carnet de santé. Aussitôt, je l'ai ouvert, persuadée qu'il m'éclairerait sur ce qui s'était passé à l'hôpital.

Il était vierge, à l'exception des trois premiers feuillets, qui mentionnaient des convocations pour des pesées. Ma courbe de poids progressait de façon régulière. J'étais de ces nourrissons dont on dit : « Ils poussent bien. »

Une fois encore, je suis restée sur ma faim. Puis, quelques heures après, il m'est revenu une autre scène, bien antérieure à celle du grenier. Je devais avoir quatre ou cinq ans, je m'amusais à arroser des cactées. Je les noyais sous l'eau, ma mère bondit.

– Arrête, c'est des vivaces !

Le mot m'était inconnu.

– C'est quoi, vivace ?

– Pareil que toi, me répondit-elle. Pas facile à mourir.

*

Ce « pas facile à mourir » m'a longtemps tourmentée. Avec le temps, j'ai fini par me demander si je ne lui avais pas accordé une importance exagérée ; et si, de son côté, ma mère n'avait pas inventé de toutes pièces l'épisode de l'ondoiement – elle était parfois d'une imagination déconcertante.

Il y a peu, j'ai voulu en avoir le cœur net. Elle ne m'avait pas menti : les registres de la chapelle portent la mention de cette brève cérémonie.

Je vais sans doute surprendre : je ne lui en veux pas, ni de son « Probable », ni même de son « Pas facile à mourir ». À sa manière, très rude, elle m'a signifié deux vérités. Son rejet, oui. Et en même temps sa confiance, sa conviction que je saurais faire avec.

La suite l'a prouvé, elle avait vu juste. J'étais parfaitement outillée pour la survie. Pour la vie, ce fut une tout autre affaire. Mais les « bonnes mères » font-elles mieux ?

4

J'imagine maintenant son retour chez elle, à la lisière de la ville. Sa maison : une pièce unique au sol de terre battue. Cinq occupants. Elle, mon père, mes deux sœurs, plus, depuis quelques semaines, un cousin qui a quitté sa lointaine campagne pour chercher fortune aux alentours du port. Avec moi, l'enfant de trop, six personnes. Largement de quoi se laisser engloutir par la dépression.

Elle surnage. Comment y arrive-t-elle ? À l'époque, pas de psy, aucune de nos modernes « maisons mère-enfant » où l'on entoure, parfois pendant des mois, les mères rejetantes.

En cette après-guerre, de toute façon, la France entière surnage. Même pour les rescapés des camps de la mort, une seule devise : « Marche ou crève. » S'il prenait la lubie à ma mère d'aller se confier à un médecin, elle sait ce qu'il lui répondrait : « Pensez à vos enfants, madame, il faut vous secouer. » Au mieux, il trancherait : « Vous êtes neurasthénique. »

Neurasthénie, maladie de riche. Pas les moyens de se la payer.

Elle tient. Et elle se bat. Son ennemi, c'est elle-même. Elle en est consciente. Trois mois avant ma naissance, un jour de fatigue ou de flottement, elle a provoqué un accident domestique. Une de ses filles était là, qui s'en est trouvée marquée. Cela s'est su ; le soupçon de « mauvaise mère » s'est mis à rôder. La bataille sera rude. Elle peut se trahir n'importe où, n'importe quand. Alors ça ne ratera pas, on lui tombera dessus.

Au premier rang de ces « on », sa matriarche de mère. De quoi sera-t-elle capable, si sa fille se fait prendre en flagrant délit de « mauvaise mère » ? Déjà qu'avec l'ondoiement elle n'a pas hésité à mettre dans le coup l'enfer, le paradis et tout le tremblement.

Le deuxième « on », c'est son mari. Il n'est pas plus rassurant. Il ne jure que par les perfections de sa propre génitrice. « Tu ne lui arrives pas à la cheville ! » a-t-il jeté au bout d'un mois de vie commune.

Impossible de vérifier. La fée du logis était morte un an plus tôt. La belle-mère et la belle-fille ne s'étaient jamais rencontrées.

Les autres « on » sont indéterminés. N'importe qui, une voisine, une tante, le cousin qui partage la promiscuité de la pièce au sol de terre battue, l'infirmière qui la convoque à l'hôpital pour les pesées. Dans la province des années 1950, chacun vit sous le regard des autres, pour ne pas dire sous leur contrôle. La menace est partout.

Ce guet, d'un côté, la protège. Il l'incite à se surveiller, à tout faire pour rentrer dans le rang ou du moins respecter les apparences. De l'autre, il peut la perdre. Au moindre écart – on ne peut pas se contrôler en permanence –, elle se fera prendre.

Elle ne veut même pas imaginer la honte que ce sera.

La promiscuité n'a jamais été aussi pesante. Les bombardements alliés ont tout ravagé, la reconstruction prendra du temps, beaucoup de familles ont été relogées dans les « cités », immenses lignes de baraques qui s'étirent entre les bâtiments réchappés du cataclysme et les confins du port, là où commencent les champs. On y partage les pompes à eau, les lavoirs, les toilettes, les disputes, les maladies, les naissances, les deuils. Vite, on sait tout de ses voisins ; et comme le puritanisme, dès la Libération, a repris du poil de la bête, les femmes sont les plus scrutées.

Sur ces côtes du Morbihan où l'on a tondu et condamné un nombre surprenant de « collaboratrices horizontales », Beauvoir et son *Deuxième Sexe* n'ont pas fait recette, encore moins scandale. Les rares bourgeois qui l'ont lue y ont vu l'élucubration d'une intellectuelle « hors-sol ». Impossible de douter de la vocation des femmes à la maternité.

Les militants communistes, très puissants dans la ville, ont eux aussi repoussé les thèses de Beauvoir. La consigne est venue d'en haut, identique à celle du Vatican : pour hâter l'avènement des lendemains qui chantent, l'ouvrier communiste se doit de croître et multiplier. La vraie femme a des enfants et les mères sont dotées d'un instinct qui leur commande de se vouer corps et âme à leur progéniture, jusqu'au sacrifice de leur vie. À moins, évidemment, d'être un monstre.

Ma mère, je trouve, a beaucoup de courage. À sa sortie de l'hôpital, quand elle franchit le seuil de son enfer domestique, elle décide de tout mettre en œuvre pour aimer sa petite dernière. Jamais on ne dira d'elle qu'elle est une « mauvaise mère ».

Elle oublie que l'amour ne se décrète pas. Et qu'il ne souffre pas la contrefaçon. Il y aura donc des ratés.

5

Je me souviens d'un de ces loupés, le plus spectaculaire, sans doute. À quatre ans, j'ai voulu changer de mère.

Nous habitons maintenant dans un autre quartier, au fond d'une cour située très en retrait de la rue. L'élue de mon cœur habite à quelques mètres de chez nous. Elle occupe un des quatre appartements lotis dans une construction tout en longueur – une ancienne longère. Du jour au lendemain, je me mets à donner du « maman » à cette voisine. Elle ne proteste pas.

Ma mère non plus. L'affaire, pourtant, se déroule sous son nez. Elle n'entend rien, ne voit rien.

Mme Douarec, mon père me l'a raconté bien plus tard, était une femme en mal d'enfant. Elle devait avoir la quarantaine et n'avait qu'un fils, tôt engagé dans la Marine nationale. Elle ne le revoyait qu'au hasard de ses escales, qui étaient rares.

Son mari, lui, travaillait à l'arsenal militaire. Le matin, il partait sans un mot et, le soir, rentrait tout aussi muet.

Je n'ai aucun souvenir du jour où, pour la première fois, je l'ai appelée « maman ». Je me revois seulement repliée entre ses cuisses capitonnées de blanche et molle cellulite. J'ai le nez fourré dans le sillon profond qui sépare – ou jointoie, difficile de trancher – ses seins *king size*. Elle me gratte le crâne comme elle fait à son chat – c'est mon unique rival.

Il ne me semble pas que nous ayons dissimulé nos rencontres. J'ai l'impression, en revanche, qu'à des signes subtils, elle décidait de l'heure de notre séparation. Dans notre cour, il n'y avait pas plus forte qu'elle pour l'affût à la fenêtre et le guet des pas dans le couloir qui, le long de sa pièce, menait à la venelle et, par-delà, à la rue.

*

Quand, sur le tard, mon père est revenu sur cette sombre affaire, il a tenu à m'énumérer les points qui faisaient de Mme Douarec l'archétype de la femme infréquentable.

J'ai failli lui lancer : « C'est tout ce que j'aimais en elle ! »

Il se serait fâché, j'ai préféré le laisser dévider jusqu'au bout le catalogue de ses reproches. À la vérité, c'était plutôt l'inventaire de ses phobies. La première touchait au corps de Mme Douarec. Il avait sa graisse en horreur, détestait sa peau laiteuse et la puissante odeur de transpiration qu'elle dégageait dès les premiers beaux jours.

Je l'entends encore incriminer, dans l'ordre, ses décolletés plongeants – ils découvraient en toute saison l'impérieuse opulence de sa poitrine –, ses jupes noires qui lui moulaient les fesses, son refus de porter des tabliers comme toute femme au foyer qui se respecte, ses ongles rouge pétard, ses colliers en graines de melon qu'elle trempait pour les colorer dans le même vernis rutilant. Et, pour finir, sa passion des romans-photos.

Tout fut bon pour la flétrir, jusqu'à sa collection de cactées. Contrairement aux nôtres, elles donnaient des fleurs, notamment l'espèce « langue de belle-mère ». « Ça lui allait bien, tiens, ces plantes-là, pas plus commère qu'elle ! »

Enfin l'infamie, son goûter : deux épaisses tartines de pain frais imbibées de beurre noir qu'elle faisait artistement dégouliner depuis la poêle où elle l'avait mitonné. Mon père aurait pu fermer les yeux sur le reste, mais cette orgie quotidienne de beurre noir, non, décidément non. C'était à vomir.

Et moi qui en avais mangé.

*

Lorsque je les revois face à face, mon père et Mme Douarec, il se tient toujours à bonne distance d'elle. Ou cherche à l'éviter.

Il n'y parvient pas toujours. Parfois, en rentrant du travail, au moment où il traverse le couloir qui longe sa pièce, il tombe sur elle.

Il faut les voir. Lui, poussant son vélo d'une main nerveuse et la toisant, sec, droit, le muscle affûté ; elle, lui opposant de toute sa massive personne sa foi en l'excellence du gras et du mou.

Il a un petit mouvement de recul, soulève son chapeau d'un centimètre avare, lâche un bonjour en forme de minimum syndical. Un brahmane en présence d'une intouchable : comme pour les castes, en Inde, leur antagonisme est d'abord alimentaire. Il a d'ailleurs prétendu jusqu'au bout qu'elle m'avait attirée à coups de bonbons.

L'accusation était effroyable, il réglementait notre consommation de sucre avec la même rigueur que celle du gras. À l'exception du chocolat, toute forme de friandise était bannie de chez nous, à moins d'avoir été offerte par des membres de la famille ou par des amis.

Il m'avait aussi prévenue : les bonbons étaient le piège favori des « méchants monsieurs » qui coupaient en morceaux les petites filles de mon espèce, lesquelles, selon le mot de ma mère, étaient toujours à demander la lune : sortir de la cour et aller jouer dans la rue. Il jurait que les amateurs de sucre et de gamines inconscientes y pullulaient.

*

Lorsqu'il a accusé la voisine de m'avoir piégée avec des bonbons, il m'a révoltée. Mme Douarec, je l'avais choisie pour mère autant qu'elle m'avait choisie pour fille. L'accès à ses genoux doux et capitonnés m'avait fait l'impression d'un paradis. Ma mère ne m'acceptait sur les siens qu'à contrecœur, je le sentais bien. Mme Douarec, elle, m'attendait, me voulait. Et dès que je la rejoignais, je l'avais toute à moi, fontaine de tendresse et de câlins à gogo. Je me vois encore chercher ses aisselles et y enfouir le museau à la manière des chats lorsqu'ils ont choisi, eux aussi, de se faire aimer d'un humain. L'appellation « maman » allait de soi.

Tellement de soi que je ne m'en suis pas cachée. La suite était fatale : dans la cour, quelqu'un a fini par m'entendre et nous a dénoncées.

Lequel des deux autres occupants de la longère, je ne l'ai jamais su. Mme Douarec et moi, en tout cas, avons été balancées. Pas à ma mère. À mon père.

« J'ai été à deux doigts de piquer un coup de sang, m'a-t-il raconté. Mais je me suis maîtrisé. »

En effet, il a choisi la voie diplomatique. Il ne s'est pas rendu chez Mme Douarec pour la sommer de s'expliquer, il n'a pas cherché non plus à m'empêcher de la voir. Il m'a simplement interdit de l'appeler « maman ».

À ses récits, j'ai fini par comprendre pourquoi. Même si la religion alimentaire de Mme Douarec était résolument incompatible avec la sienne, un point les rapprochait. Dans la guerre féroce qui, depuis notre installation dans la cour, l'opposait aux deux autres voisins sur le partage des tinettes, notre dodue voisine avait opté pour la stricte neutralité.

Mieux, elle s'abstenait de se servir du cabinet litigieux, délicatesse à laquelle il était extrêmement sensible – le gras, passe encore, mais se retrouver confronté à sa dégradation ! Dans ces conditions, le moindre acte de belligérance à son endroit aurait pu avoir des conséquences incalculables.

Je crois aussi que, de longue date, il avait vu que ma mère n'arrivait pas à m'aimer. Il n'a pas voulu qu'elle me prenne définitivement en grippe.

*

Avec le recul, le discours qu'il m'a tenu ce jour-là – il me l'a souvent rappelé et je m'en souvenais vaguement – me paraît très sagace : « Mme Douarec n'est pas ta maman. Une maman, on n'en a qu'une et c'est ta mère. Donc Mme Douarec, tu vas l'appeler comme tout le monde, Mme Douarec. »

J'ai refusé net. Un « Non ! » qui se passait d'arguments : comment lui dire, à quatre ans, ce qui m'attachait à Mme Douarec, une passion faite de bonbons, d'odeurs d'aisselles, d'édredons de chairs moelleuses, de pain transpirant de beurre noir ? Je n'ai pu que hurler : « C'est Mme Douarec, ma maman ! »

Mon père a tenu bon. J'ai redoublé de cris. Il a agité la menace d'une fessée, et pire, le spectre d'un enfermement imminent au cagibi, un réduit sombre où il rangeait son vélo et ses outils. J'ai flanché. Puis, assez inventive, je trouve, j'ai fait une offre : « Je veux l'appeler Maman Ec. »

Miracle : c'est passé. Il n'a pas regimbé. Ma mère non plus.

Cette transaction m'a conduite à revoir l'organisation de mes amours avec la voisine. Je ne pouvais pas contester ce que mon père m'avait dit. Je ne me voyais pas renoncer, pour autant, à Maman Ec.

Je n'ai pas été longue à trouver la solution. Je me suis risquée à demander à ma mère de me prendre sur ses genoux. Il y avait de la rivalité dans l'air, elle a dit oui.

Je me suis enhardie, je me suis blottie contre ses seins. Là encore, j'ai eu ce que je voulais. Entre autres caprices, j'ai voulu être bercée à la façon d'un bébé sur l'air de « Bateau, batelier, mon bateau s'est renversé ». Elle a encore accepté. Même quand j'ai exigé qu'elle recommence tous les soirs. Elle faisait des efforts, beaucoup d'efforts.

Mais le non-amour qu'on étouffe est le double inversé de l'amour qu'on dissimule : c'est plus fort que tout, il lui faut l'air libre et, à un moment ou à autre, il explose. Elle a eu beau faire, un mot rude, un geste exaspéré a fini par lui échapper. À nouveau, je me suis sentie de trop.

Ce n'était pas grave, j'avais toujours Maman Ec.

J'étais vraiment bien outillée pour la survie. Une fois de plus, j'ai su m'y prendre. Ça s'est fait tout seul, sans calcul – en est-on capable, à cet âge ?

Le pacte que j'avais passé avec mon père m'y a aidée. Il était fondé sur le modèle du ménage à trois. J'ai eu, d'un côté, ma mère légitime, solidement installée dans son inaliénable titulature, « maman ». Et de l'autre, à deux pas de notre bout de maison, ma soumise et docile mère-concubine. Dès que maman me signifiait que je lui tapais sur les nerfs, je filais chez Maman Ec, qui m'attendait fidèlement. Et nous savourions nos plaisirs rien qu'à nous.

Pendant quelque temps, mon petit système a fonctionné à merveille. Du moment que je ne passais pas trop de temps dans les jupes de Maman Ec et que l'usage de son surnom restait cantonné à l'espace de la cour, ma mère fermait les yeux et les oreilles.

Je me suis vraiment montrée maligne. On ne m'a jamais vue, par exemple, en compagnie de Maman Ec quand mon père était là.

Maman Ec elle-même, je dois dire, s'est conduite en maîtresse exemplaire. Elle ne s'est jamais plainte. Ni de sa rétrogradation hiérarchique de « maman » à « Maman Ec », ni de l'espacement de nos amours.

Elle a bien fait. Ma mère, pour mieux lui démontrer qu'elle n'était que sa pâle copie, a dégainé son arme fatale, la couture. De n'importe quelle chute de tissu ou pull détricoté, elle savait tirer des vêtements ravissants et très originaux. Elle a redoublé d'inventivité.

Je n'ai jamais été aussi bien habillée. Mes sœurs non plus. Dès le début de cette frénésie couturière, mon père avait averti sa femme : « Tu ne dois pas faire de différence. »

Ce beau consensus a pris de court celui qui nous avait dénoncées, Maman Ec et moi. Il est rentré dans son trou.

J'ignore toujours qui avait vendu la mèche, des deux voisins qui persécutaient mon père. Je penche pour le sournois occupant de l'appartement mitoyen du nôtre, « le Méchant Vieux », comme ma mère l'appelait en baissant la voix.

Si j'ai ce sentiment, c'est que l'autre voisin, un ouvrier au teint gris et tout ratatiné, était bien plus franc du collier. À l'autre extrémité de la longère, il occupait un deux-pièces symétrique du nôtre. Mon père, à cette époque, logeait dans le sien cinq personnes. Lui, huit – il avait six enfants. Les soirs où il était passé par le bistrot avant de rentrer, il pointait notre bout de maison et glapissait : « L'autre, là, au bout de la cour, il va pas faire ce qu'il veut avec le cabinet ! Je vais le tuer ! » Il avait un fusil.

6

Tard dans sa vie et à plusieurs reprises, mon père est revenu sur l'affaire Maman Ec. Toujours en présence de ma mère, et sans que je l'aie sollicité.

La conclusion de son récit était immuable : « Mme Douarec t'a attirée avec des bonbons. »

Chaque fois, j'ai manqué de m'écrier : « Des bonbons ! Il faut autre chose, tout de même, pour qu'un enfant donne du maman à une autre femme ! »

J'ai toujours gardé le silence. Je n'arrivais qu'à sonder son regard sans pouvoir articuler un seul mot des questions qui me démangeaient : « Pourquoi reviens-tu encore sur cette histoire ? Pourquoi te justifies-tu, pourquoi te faut-il un coupable ? »

Si je me taisais, c'est que je connaissais la réponse. Pendant son récit, j'avais déchiffré ses arrière-pensées. D'une façon brouillée, ainsi qu'au cinéma lorsqu'on veut suivre, par-delà les sous-titres d'un film, la version originale des répliques échangées par les acteurs.

Cet écho assourdi était aussi celui de la lettre qu'il m'avait adressée au moment du séisme déclenché par le livre que j'avais écrit sur mon enfance, quelque chose comme : « J'ai tout fait pour que ta mère t'aime. J'ai raté mon coup, tu es partie. J'étais d'accord pour que tu partes, maintenant tu écris et je suis toujours d'accord. Seulement ta mère, ça, que tu écrives, elle ne le supporte pas, même si elle est fière quand on lui parle de toi. Il ne faut pas lui en vouloir. Ce sont les circonstances. »

Sur les circonstances, ce qui s'était passé avant ma naissance, l'histoire de mon prénom, celle de l'ondoiement, pas un mot. Il a toujours préféré pointer des boucs émissaires : l'exécrable sucre, les bonbons de Maman Ec, Maman Ec elle-même.

De ses récits – chaque fois identiques, à quelques variantes près –, un autre point me troublait. Il semblait m'être reconnaissant de l'avoir aidé à régler l'affaire Maman Ec par la voie diplomatique.

Mieux encore, ça le bluffait que j'aie trouvé l'astuce lexicale, le misérable petit suffixe de rien du tout qui me permit, quelques années durant, de donner du maman à une étrangère. Ça l'épatait au point qu'il oubliait qu'en plus des bonbons de Maman Ec je m'étais goinfrée de ses tartines au beurre noir.

Son admiration me mettait au supplice. Je voyais la tête de ma mère quand il en avait fini : malheureuse, accablée. Aussi morfondue, j'en suis sûre, que le jour où elle avait appris que j'appelais une autre femme « maman ». À ce moment-là, j'en jurerais, lorsqu'elle s'aperçut qu'elle n'avait rien vu, rien entendu, elle fut aussi abasourdie que les femmes qui se découvrent enceintes à six ou sept mois de grossesse, voire à la veille d'accoucher : « Qu'est-ce qui m'arrive ? Comment ça a pu m'échapper ? Je suis folle ? » Puis la terreur, la honte : « Personne ne comprendra. »

Souvent, d'ailleurs, je me suis interrogée : « Et si elle avait fait un déni de grossesse ? » Je m'étonnais que, quelques semaines avant ma naissance, mes parents aient accepté d'héberger un cousin d'une vingtaine d'années dans la pièce unique où ils étouffaient déjà avec leurs deux filles. Un jour, j'ai questionné mon père. Pour toute réponse, il a eu un soupir, puis il a soulevé la main au-dessus de son épaule, l'air de repousser le passé dans le néant. En somme : « Tout ça… De l'histoire ancienne ! »

*

Pour lui, en revanche, mon histoire avec Maman Ec n'a jamais été de l'histoire ancienne ; et il est facile d'imaginer l'état d'esprit de sa femme quand il trouve encore le moyen d'en reparler trente ou quarante ans après l'affaire. En présence de la rebelle, par-dessus le marché, de la dangereuse, celle qui est partie, celle qui écrit. Alors qu'elle, sa mère, s'est tellement décarcassée, tellement esquintée pour que tout rentre dans l'ordre.

Je me revois entre eux deux, ne sachant où me mettre, étrangère en visite. Ma mère, aux premiers mots de mon père, a blêmi. Son regard fuit le mien. À chaque phrase, sa tête s'enfonce davantage. Un boxeur qui encaisse. Et se sait vaincu d'avance. Comme le jour, sans doute, où mon père lui a appris que je donnais du « maman » à la voisine.

Je voudrais qu'elle se redresse. Qu'elle se défende, dise haut et clair ce qu'elle a sur le bout de la langue et qu'en « vivace » désormais passée professionnelle je suis à même d'endurer : « Celle-là, la troisième, j'ai essayé de l'aimer mais j'ai pas pu. Elle en est pas morte ! Et ça marche pour elle, à ce qu'on dit ! On va se plaindre ? On en est tous là, non, obligés de faire avec ce qu'on a ! Je me suis débrouillée comment, moi ? C'est la vie, marche ou crève, pareil pour tout le monde ! »

Elle ne l'a jamais dit. Je le dis maintenant à sa place. Je l'écris à sa place.

7

Il y a eu beaucoup trop de silences dans notre histoire. Pourtant c'est une histoire dans tous les sens du terme. Une histoire ainsi qu'on l'entend maintenant, une histoire d'amour.

Et un conflit, une guerre : pour essayer de conquérir son cœur, j'en ai fait, des histoires ! Je suis devenue inquiétante, une de ces gamines dont on dit qu'elles sont des filles à histoires. Malgré tout nous avions elle et moi, chacune de son côté, la volonté de nous en sortir.

Elle, pour apprivoiser son démon intérieur, s'était inventé un truc, l'échappée narrative, ces récits qu'on appelle aussi des histoires. Mais avant d'en parler, je dois, du brouillard où je les ai abandonnés, faire émerger les décors de ce récit, leurs personnages, d'autres conflits, d'autres histoires. Là où je l'ai laissé, reprenons donc le fil de cette histoire.

8

Lors de l'affaire Maman Ec, mon père, sans conteste, a sauvé ma mère de la honte. Il en a imposé aux voisins, l'incident n'a pas filtré de la cour.

Ça ne me surprend pas. C'était un expert en honte. Il en connaissait la gamme entière, des courtes hontes à celles qui durent toute une vie. Et il les voyait venir. Dès qu'une honte se profilait à l'horizon, je me souviens, il plissait les yeux, l'air de lui dire : « Viens donc ici, toi, tu vas voir comment je vais te feinter ! » C'est qu'il en avait connu, des hontes, tout petit, pauvre entre les pauvres qu'il était. Quand, à quatorze ans, livré à lui-même, il avait fui la misère noire de la Bretagne intérieure pour rejoindre la côte de Lorient avec pour seul bien une musette et un vieux vélo, il s'était fixé un objectif : ne plus jamais se faire humilier. Lorsqu'il rencontra ma mère – ce fut là un de ses plus beaux exploits –, il réussit à lui dissimuler l'épisode le plus avilissant de sa vie, son placement dans une ferme comme « beutjul », gardien de vaches, le rang le plus méprisé de la société paysanne. Elle ne l'apprit que cinq ans plus tard, pendant qu'il était prisonnier des Allemands ; une de ses belles-sœurs en profita pour lui vendre la mèche.

Il ne s'est pas ému de cette trahison, il a fait avec, car il le savait : à la ville comme à la campagne, la honte gouvernait tout, les corps et les mots. Où qu'on soit, elle était à l'affût, dans la cour, dans la rue, les queues des épiceries et des cinémas, à l'école, chez le médecin, à l'église, à l'hôpital, à l'arsenal, à l'entrée des usines, au café, sur les chantiers, les parquets des salles de bal, les places où tournaient les manèges, le port de commerce, le port de pêche. Et même à l'abord du grand large, tout au bout de l'estuaire, sur les plages d'où l'on voyait l'île de Groix et, avec elle, la joie. Partout, vraiment partout, la honte vous épiait, prête à vous fondre dessus. Mais puisqu'on ne peut pas vivre en permanence sur le qui-vive, les gens l'oubliaient et un geste, un mot les trahissaient.

Ou bien il leur arrivait, à eux, à leur famille, quelque chose qui subitement les rendait fiers. Leur sœur était élue reine de beauté du quartier de la Puce-qui-Renifle ou de la cité de Kerfichant. Leur cousin, leur oncle était désigné pour conduire le char fleuri qui allait ouvrir le défilé de la quinzaine commerciale. Un de leurs enfants était arrivé deuxième à la fameuse course de trottinettes de Keryado. Mieux, ils jouaient au Football Club de Lorient et leur équipe avait collé deux buts dans la gueule de l'ennemi héréditaire, le Véloce Vannetais. Le lendemain, ils accédaient à l'honneur suprême : ils avaient leur nom dans le journal. À partir de là, ils ne touchaient plus terre. Convaincus qu'ils en avaient fini avec la honte.

Mais la honte ne se laissait pas faire comme ça. Elle continuait à les avoir à l'œil, les attendait au tournant, guettait l'instant où, inévitablement, ils se sentiraient autorisés à la narguer – à « crâner », c'était le mot qu'on avait pour désigner ce fatal dérapage.

Elle connaissait son affaire, elle savait que personne n'y coupait. Au moment d'entrer dans un café, par exemple, ces fiérots croyaient bon de donner un peu de menton. Elle ne les ratait pas. D'un seul mot, schlak ! Devant tout le monde et sans prévenir, elle leur remettait la tête en place. Quelqu'un lançait : « Dis donc, toi ! Tu te crois ? » Comme dans nos modernes quartiers sensibles, ça finissait en bagarre. On pouvait se retrouver amoché pour trois fois rien.

Certains, malgré tout, réussissaient à filer entre les doigts de la honte. Ils la prenaient par le mépris, se fichaient de tout, y allaient franco. On les appelait les culottés.

Ils étaient très mal vus. J'en ai appris l'existence très tôt. Leur nom m'a tout de suite inquiétée. Il laissait entendre que nous, les esclaves de la honte, allions cul nu.

On en croisait peu, de ces bienheureux culottés. Les temps étaient sourcilleux.

*

Mon père, comme ma mère, en avait une, de honte ; et elle remontait à la même époque. C'était le bout de maison qu'il avait choisi d'acheter quand j'étais née.

Plusieurs fois, à la fin de sa vie, je lui ai demandé ce qui avait pu le pousser à jeter son dévolu sur ce deux-pièces humide et son bout de cour où la vie, très vite, était devenue infernale : « D'accord, on ne pouvait plus vivre dans la maison d'avant, tu me l'as dit, elle était trop petite. Mais la nouvelle, tu te souviens ! Elle était pourrie de salpêtre ! Et les voisins qui t'ont fait la guerre dès qu'on a emménagé… Tu commençais à bien gagner ta vie, tu ne pouvais pas trouver mieux ? »

Sa réponse n'a pas varié : « Là-bas, oui, c'est sûr, les murs étaient malsains. Seulement il y avait deux chambres et j'ai pu construire une cuisine. Et le jardin, tu y as pensé ? Ça ne se trouvait pas aussi facilement, un terrain pareil, exposé plein sud et à deux pas de la ville. Sans compter le puits. Même les années de sécheresse, j'ai pu arroser. De l'eau et du soleil, tout pousse ! Ça m'a permis de vous nourrir comme des rois. »

Il réécrivait l'histoire. C'était facile à voir, il se justifiait : « De toute façon, je ne voulais pas des baraques envoyées par les Américains. Leurs murs, rien que du carton amélioré ! Et leurs toits, tu te souviens de leurs toits ? Tout plats, juste une petite couche de bitume par-dessus. Des toits plats en Bretagne ! Ils n'avaient jamais vu la pluie, les Américains ? Elles m'ont bien fait rire, leurs baraques, le jour où je les ai vues ! Et je ne me suis pas privé de le dire, tu peux me croire : "Les gars qui vont vivre là-dedans, c'est sûr, avec leurs salles de bains, leurs cuisines et leurs W-C de cowboys, ils vont faire les malins. Mais après la Toussaint, quand ça va se mettre à souffler, vous allez voir leur tête. Avec les grands vents qu'on a, pffftt ! à la mer, leurs baraques ! Si ça se trouve, on les retrouvera à l'île de Groix ! Et si elles ne s'envolent pas, elles pisseront l'eau par tous les bouts !" Je suis maçon, moi, je m'y connais, c'est pour ça que j'ai voulu du dur, de la pierre, un toit d'ardoises… »

Il m'a aussi juré que, dans les cités, il n'aurait pas eu de jardin. C'était faux, la plupart des baraques étaient dotées d'un potager. Et on l'aurait relogé sans faire de difficulté. Marié, trois enfants, il était prioritaire. Un formulaire à remplir et l'affaire était dans le sac.

Il a refusé. Et maintenant que j'ai mis le nez dans ses papiers, je sais pourquoi. « En cité », selon son expression, ce ne sont pas trois voisins qui l'auraient espionné comme dans la cour de la nouvelle maison, mais des dizaines. Les baraques, pour la honte, c'était le terrain de chasse idéal. Ici, dans la cour, il pouvait contenir ses ravages. Et mieux en épargner sa femme.

9

Je n'ai que trois photos de ma mère à l'époque. De simples copies. Toutes proviennent d'un album qu'une de mes sœurs lui avait confectionné avant de se marier.

Au moment où je préparais le fameux « livre interdit », j'avais voulu le feuilleter. Je cherchais des photos de nous deux.

Elle avait accepté, à son habitude, dents serrées, front buté.

Plusieurs points, tout de suite, m'ont frappée. Elle ne figure que sur des images prises à la volée. On a voulu me photographier, et c'est malgré elle qu'elle s'est retrouvée dans le cadre.

Pour moi, guère plus d'images : trois. Plus une photo d'identité prise l'année de mes quatre ans. Ma mère s'était fait délivrer une carte de réduction par la régie des autocars. L'administration avait mis au jour de nombreuses fraudes ; elle exigeait maintenant qu'un cliché des enfants de moins de six ans soit agrafé au document.

Sur les premières images, toutes fortuites, ma mère apparaît toujours à bonne distance de moi. Chaque fois, plusieurs mètres nous séparent. Et elle ne me tient pas par la main, encore moins dans ses bras. Ce n'est pas moi qu'elle fuit, mais l'objectif. D'elle, à ce moment de sa vie, elle ne veut laisser aucune trace.

*

Deux des images où nous figurons ensemble ont été prises par des photographes de rue, ces types qui déambulaient entre les baraques commerçantes du centre-ville, repéraient les mères accompagnées d'enfants, les mitraillaient vite fait avec leurs gamins puis leur fourraient un ticket dans la main. « Venez à ma boutique dans huit jours, la photo sera développée, ça vous fera un beau souvenir pour trois fois rien. »

Ma mère, la plupart du temps, était furieuse d'avoir été photographiée par surprise, je la voyais jeter les tickets.

Ici, manifestement, elle a vu l'homme venir et s'est reculée à temps. Du coup, elle a pensé qu'elle ne figurait pas sur les clichés et elle est allée les retirer. C'est seulement dans la boutique qu'elle s'est vue à l'arrière-plan. Mais trop tard pour se dédire – la honte, une fois de plus.

Et après tout, pourquoi se dédire ? Sa petite dernière était si joliment habillée. La preuve qu'elle était une bonne mère.

Pour le troisième portrait – pris, lui, dans notre jardin, vraisemblablement par ma sœur aînée grâce au Kodak à soufflet noir qu'elle avait reçu pour sa communion solennelle –, c'est la maladresse de la jeune opératrice qui lui vaut d'apparaître dans le cadre. Elle s'est placée en retrait ; elle a mal calculé, on la voit.

Rien qu'une silhouette coupée par le milieu et un peu floue. Mais on la reconnaît. Même dos affaissé, même visage fermé que sur les clichés précédents. Si j'en juge à ma taille, elle a trente-deux ans. Elle en paraît cinquante.

Quand je lui avais demandé de me montrer l'album, j'avais précisé : « Ça va m'aider pour mon livre. »

J'avais cru bon de la rassurer : « Ne t'inquiète pas, je vais en faire bon usage. » Et j'avais ajouté : « Je suis fière de mes origines. »

Elle n'avait pas davantage desserré les dents. Un de ces silences bien à elle, interminable, lourd d'arrière-pensées. Aussi, lorsque j'ai dû choisir les images que je me proposais de reproduire, m'y suis-je prise en voleuse, à toute vitesse. Je voulais en finir au plus vite.

Après sa mort, j'ai regretté cette précipitation : « J'aurais dû prendre mon temps, la questionner, lui demander si elle n'avait pas d'autres photos de cette époque, dans l'armoire de sa chambre ou au grenier. »

Je rêvais toujours de me voir dans ses bras. C'était puéril mais je n'y pouvais rien. Je me répétais jusqu'à l'obsession : « Il y a des photos de mes sœurs toutes petites. Moi aussi, elle m'a élevée, allaitée, biberonnée, appris à marcher, promenée dans un landau, tenue endormie sur ses genoux, emmenée dans des mariages ou des fêtes d'anniversaire. Même si mes parents tiraient le diable par la queue, il y a bien eu quelqu'un, à un moment ou à un autre, qui nous a photographiées ensemble et leur a donné une copie du tirage. Ou alors, ces clichés, elle les a détruits. Elle, ou quelqu'un d'autre. »

J'ai vite eu l'occasion d'en avoir le cœur net. Le notaire m'a convoquée pour un inventaire du mobilier de la maison familiale.

Sitôt arrivée, je me suis mise en quête de l'album. Ma mère, depuis toujours, le rangeait dans le buffet de sa salle à manger. Il n'y était plus.

J'ai fait le tour des meubles et des placards. Je ne l'ai trouvé nulle part. Il avait disparu. En revanche, à la fin de ces recherches, j'ai découvert un grand sac en plastique qui contenait plusieurs enveloppes en papier kraft bourrées de photos, certaines très anciennes. À leur verso, des dates étaient griffonnées. J'ai tout de suite reconnu l'écriture de ma mère.

L'une des enveloppes portait l'intitulé « Simone » – toujours son écriture. L'enveloppe renfermait des clichés où elle figurait, ou des portraits d'elle.

Ils avaient été pris à tous les âges de sa vie, sauf celui qui m'intéressait. Entre ma naissance et l'année où, enfin, elle avait eu un fils, rien. Et aucune photo où nous sommes réunies.

*

Dans les photos de l'enveloppe « Simone » j'ai étudié de près celles qui précèdent ma naissance. Depuis son mariage, un an avant la déclaration de guerre, elle n'avait guère changé. Ce n'était pas une beauté mais, avec ses yeux d'une confiance presque enfantine, elle avait du charme. Comme le jour de ses noces, douze ans plus tôt, elle se tient droite et sourit largement. Rien ne semble l'avoir marquée, ni les bombardements de la ville, ni les cinq ans pendant lesquels elle fut séparée de son mari, ni, après leurs retrouvailles, les difficultés de la survie au milieu des décombres. Elle paraît à toute épreuve.

C'est une illusion. Elle ne résiste pas à un examen attentif. Cette femme a quelque chose de double. D'un côté, ces jambes férocement arrimées au sol, ces bras à vous écorcher un lapin en une demi-minute – ce n'est pas une impression, pour le coup ; je l'ai vue faire. Et de l'autre côté, dans le regard, une tendresse infinie, quelque chose qui trahit une de ces sensibilités qu'on dit « à fleur de peau ».

Je le lui ai connu, ce regard. Elle l'avait à la fin des banquets de mariage quand les invités se mettaient à taper sur la table pour lui réclamer une chanson. Elle se levait tout de suite, entonnait un de ses airs préférés, des rengaines qui remontaient aux années 1930 ou 1940, « Vous qui passez sans me voir », « J'attendrai », « Mon amant de Saint-Jean ». Un seul couplet et les cœurs chaviraient. Le temps qui passe et court, le cœur lourd, la vie qu'on voit en rose puis qui sépare et broie, c'était pour elle.

Ces yeux-là, je les lui ai aussi connus en hiver, lorsqu'elle recueillait des rouges-gorges transis, qu'elle sauvait en leur déversant patiemment dans le gosier de minuscules cuillerées de vin chaud. Mais dès qu'elle les avait réchauffés et qu'ils avaient repris leur envol, c'était comme à la fin des chansons. On ne savait plus quoi penser d'elle, si elle était dure, si elle était douce.

10

J'ai confronté les photos de l'enveloppe « Simone » aux images que j'avais pu sauver de l'album. Une évidence, aussitôt, m'a sauté aux yeux. Dix-huit mois avant ma naissance, ma mère est encore une jeunesse. Et trois ans après, elle est vieille, sans qu'aucun deuil, maladie ou accident soit venu bouleverser sa vie.

J'aurais dû en rester là. Je me suis entêtée, j'ai encore cherché et une demi-heure plus tard, au moment précis où j'allais abandonner, je suis tombée sur un dernier lot de photos.

Il se trouvait, lui, tout au bas d'un placard, coincé entre des chutes de tissu et des revues des années 1980 qui semblaient destinées à la poubelle. Cette fois-ci, les clichés étaient entassés en vrac. Cependant, à la manière des précédents, ils étaient légendés. « Baptême Irène », avait écrit ma mère. « 25 juin. »

Cette date ne m'a pas surprise, pas plus que la mention de ce baptême. Le jour où elle m'avait raconté que j'avais été ondoyée, elle m'avait aussi lâché qu'on m'avait baptisée « pour de vrai » un mois plus tard, dans la même chapelle qui jouxtait l'hôpital ; elle avait tenu à préciser que ç'avait été une journée très joyeuse et que la cérémonie, cette fois, s'était déroulée dans les formes, en présence d'un parrain et d'une marraine.

Je n'avais jamais vu ces photos – de petits tirages au contour dentelé du même format que ceux qui figuraient dans l'album. Non seulement elle ne me les avait pas montrés, mais j'en ignorais l'existence. Et qu'est-ce qu'ils fichaient au milieu de ces bouts de tissus et vieilles revues ?

Je les ai aussitôt étalés sur le plancher. Ils étaient excellents, cadrés avec précision, nets, pas une ombre, pas un flou. La lumière était très belle, en ce solstice d'été ; le photographe avait su en jouer.

Il avait eu aussi à cœur d'alterner les images du cortège en route vers la chapelle avec des portraits des principaux acteurs de la fête. Le tout s'articulait très bien. Mis bout à bout, ces clichés – ceux d'un professionnel ou d'un amateur très doué – formaient une sorte de petit reportage.

Aucun élément ne permettait d'identifier le photographe. Un proche, vraisemblablement. Un ami ou quelqu'un de la famille. Pas mes parents, en tout cas. Ils ne se sont acheté un appareil que sur le tard et il fallait voir les précautions qu'ils prenaient avant d'appuyer sur le déclencheur, c'était à croire qu'ils manipulaient un engin explosif. Photographier, pour eux, c'était comme écrire : une énorme prise de risque.

*

Quand je me suis penchée sur ces photos, tout est allé très vite. D'abord quelques secondes d'espoir fou.

Mon baptême : je serais dans les bras de ma mère, nécessairement.

Ma désillusion a été immédiate. Elle ne figurait nulle part. La vedette de la fête, celle qui me porte, qui m'entoure, c'est sa sœur, Mado. Ma jeune marraine elle-même s'efface devant elle.

Elle m'étonne vraiment, Mado. Elle qui, sa vie durant, s'est toujours signalée par son goût de la simplicité – et à cette époque-là plus que toute autre, elle avait déjà deux enfants et son mari, un simple ouvrier, s'était lourdement endetté pour acheter une maison –, elle se coiffe ce jour-là d'un de ces bibis « grand chic parisien » dont raffolaient les bourgeoises qui lisaient *Elle* ou *Marie Claire*. Elle s'en tire très bien, mais quand on la connaît, il lui donne un côté, comment dire ?, surligné.

Malgré tout, on doit l'admettre, dans le rôle de mère, elle est parfaite. Tout particulièrement au moment où elle se penche vers moi en voilant le soleil de sa main précieusement gantée. Il faut vraiment chercher la petite bête pour remarquer qu'elle est tendue et me scrute avec inquiétude derrière les verres de ses lunettes.

Les enfants, eux, mes sœurs, mes cousins, mes cousines, n'y voient que du feu. Ils sont ravis de processionner dans les rues en brandissant chacun un bouquet de fleurs fraîches. Cinq d'entre eux sont tout de blanc vêtus.

Assez étonnante, elle aussi, cette démonstration de catholique respectabilité dans une tribu qui, à l'exception de ma grand-mère, ne fréquentait guère les églises. Qu'est-ce qui a pris à ma famille ?

Le photographe, entre autres portraits, réalise celui de mon père. Il lui demande de poser au milieu d'une allée absolument vide.

Comme sur les clichés précédents, ma mère est absente, c'est lui qui me porte dans ses bras. Pour éviter, peut-être, de paraître esseulé, il a demandé à la jeune marraine de le rejoindre.

On ne voit que lui. C'est sa façon d'habiter son corps. Il est élégant et sobre, assume sa solitude. Pour le reste, il est indéchiffrable.

Le dernier cliché est une photo de groupe prise devant une maison au retour de la chapelle. Quelqu'un, à l'évidence, y a préparé un repas et je vois qui : ma grand-tante, cette massive sexagénaire du deuxième rang qui porte un tablier de cuisine.

Pas question de manger avant de sacrifier au rituel de la photo de famille. Pas question non plus de quitter ses habits du dimanche. Aucun homme ne baisse la veste ni ne se défait de sa cravate, Mado reste aussi impeccablement chapeautée et gantée, et c'est toujours en vedette de la fête, le bébé dans les bras, qu'elle s'assied au premier rang. Pourtant, cette fois, ma mère est là.

J'ai eu beaucoup de mal à la trouver, mais c'est bien elle, la femme qui, tout au bout du troisième rang, cherche à se cacher derrière sa cousine Maria. À peine coiffée, sa frange seulement retenue par une pince métallique à trois sous, et en « tous les jours », un petit chemisier blanc si ordinaire qu'au premier regard je l'ai prise pour la serveuse du bistrot d'à côté, une de ces filles qu'on engageait lors des fêtes familiales afin de faire la vaisselle et passer les plats et que, pour autant, on traitait bien : « Allons, restez pas en cuisine ! C'est fête pour tout le monde, venez donc sur la photo ! »

Pareille à ces serveuses d'occasion, quand le photographe commande à son petit monde de sourire au plus large, elle reste en retrait. À un bon mètre de sa mère et de son mari, qui se sont pourtant placés sur le même rang qu'elle. Et elle n'offre à l'objectif qu'une face plombée.

Moi, au premier rang, dans les bras de Mado, je suis tout sauf photogénique, mais déjà tout à fait à la hauteur de ma future réputation de « vivace ». De ma personne noyée dans une débauche de linge immaculé, on ne voit qu'une gueule béante qui réclame à grands cris le sein de sa mère.

Ça ne trouble absolument pas Mado, elle tient la pose avec une endurance remarquable. Sourire rayonnant, maintien sans défaut. Le photographe se dépêche d'appuyer sur le déclencheur et c'est ainsi qu'il éternise dans sa chambre noire le visage de ma mère, caché, pour un bon tiers, par la classieuse silhouette de sa cousine Maria.

Le pire, dans cette tentative de fuite, est son expression. Une emmurée.

Il faut se rendre à l'évidence : elle n'a pas paru à la cérémonie du baptême et ses proches ont tout fait pour sauver les apparences, y mettre de la joie et, en m'entourant, la conduire à en faire autant.

*

Je repense souvent à ces photos. Je me demande pourquoi elle les a conservées et ce qu'elle projetait d'en faire quand elle les a enfouies dans ce fond de placard.

Il m'arrive aussi d'imaginer qu'elle n'a pas pu venir à la chapelle parce qu'elle était tombée malade, qu'on lui avait interdit tout contact avec le bébé, d'où sa place dans un tout petit coin du troisième rang et son désir de se cacher. Je me dis : « J'ai surinterprété ces photos. Le mal s'est déclaré le matin du baptême, à la dernière minute. Elle n'a pas pu faire autrement que demander à sa sœur de tenir sa place. Mado a accepté. Elle a enfilé sa robe, ses gants, s'est coiffée du bibi de grande dame que ma mère s'était acheté rien que pour moi. »

Je préférerais ça. Mais, à la vérité, peu importe. De ces photos, je ne veux retenir qu'un point : cet après-midi-là, ma mère était encore jeune, et trois ans après, plus du tout.

*

Enfant, cette usure précoce m'a échappé. Ma mère, pour moi, fut aussi neuve que le monde. Tout ce que je sentais – et encore, de loin en loin –, c'était qu'elle souffrait d'une fatigue qui n'était pas celle des gens fatigués.

J'avais aussi remarqué que cette étrange lassitude se dissipait subitement et sans raison apparente. Soudain, je l'entendais rire et chanter ; dans les bals de noce où nous étions invités, je la voyais se mettre à valser et ne plus s'arrêter – à la danse, d'ailleurs, elle se débrouillait très bien. Mais le lendemain matin, elle s'en était retournée à la musique ordinaire de sa vie, cette basse continue de tristesse.

J'ai cru longtemps que c'était à cause de l'enfer de la cour. Il lui arrivait de lâcher : « Qu'est-ce qui nous a pris de venir ici ? On n'aurait pas dû. » Et d'autres jours, elle se faisait plus explicite, enchaînait sur un récit qui me fascinait davantage chaque fois, l'histoire de la maison qui n'avait jamais existé.

11

J'ai grandi en compagnie de cette maison invisible. Mon père en parlait lui aussi, mais d'une façon bien plus elliptique. C'était sa honte à lui.

L'affaire, à ce que j'ai su plus tard, s'était produite avant la relance de l'autre Irène, son amour d'avant-guerre. À l'époque où ma mère a commencé à évoquer cette construction qui n'était jamais sortie de terre, il en restait encore une trace, les pierres que mon père avait réunies pour la bâtir. Elles étaient entassées au milieu du terrain où la maison aurait dû s'élever, un jardin cerclé d'une superbe haie de rosiers pompon. Mon père n'avait pas réussi à le revendre. Une ou deux fois l'an, il nous emmenait pique-niquer là-bas.

Il n'avait pas tout à fait renoncé à son projet, il ne se décidait pas à se débarrasser de ses pierres. Voilà pourquoi, sans doute, cette maison qui n'a jamais existé s'est installée dans mon esprit sous l'image d'une jumelle endormie. Une princesse morte qui, telle Blanche-Neige, n'attendait qu'un baiser de la vie pour ressusciter.

J'aimais beaucoup ces pique-niques. Et j'adorais encore plus que ma mère, tandis qu'elle enfouissait nos provisions dans son cabas, nous raconte l'histoire de l'impossible maison. C'était comme le pique-nique, ça n'arrivait qu'une ou deux fois l'an et ça faisait partie du rituel.

Pour moi, ce récit n'était pas une histoire triste, bien au contraire. Ma mère s'y prenait de telle façon que tout ce qu'elle disait perdu, la maison neuve, le bonheur de vivre à l'abri de cette haie de fleurs, me semblait à portée de main. Elle se souvenait, je me souvenais ; elle espérait, j'espérais. Et lorsqu'elle se mettait à soupirer, je rêvais avec elle : « Ce qu'on aurait été bien, dans cette maison… » Rien qu'un bout de phrase et j'étais là-bas, dans le jardin des possibles, tout contre elle, à vivre une autre vie.

Les faits, que j'ai reconstitués depuis, étaient bien plus prosaïques. Après son retour d'Allemagne, dès qu'il avait eu un peu d'argent devant lui, mon père, ainsi que nombre d'habitants de la ville, avait voulu « faire construire ». Pour lui, c'était le désir de vivre à l'écart, souverain et solitaire, loin des regards et de l'aguet de la honte. Un jour d'été, il a découvert ce jardin clos de rosiers pompon.

Il m'a souvent parlé de cette haie, j'ai l'intuition que c'est elle qui l'a séduit. Il avait toujours adoré les fleurs ; un rempart de roses entre le monde et lui, il a dû croire à un cadeau inespéré, à une grâce. Il a craqué, craqué vraiment, il ne s'est pas demandé une seule seconde pourquoi le propriétaire du terrain, quand il est allé le voir, n'a pas discuté le prix qu'il lui en offrait. Deux jours plus tard, ils concluaient l'affaire chez le notaire. « Il était sûr de son coup et moi aussi, racontait ma mère. Dès qu'on a eu le terrain, on a acheté les pierres de la maison neuve et quelqu'un nous a dessiné les plans. »

Puis, exaltée, elle décrivait la maison qui n'avait jamais existé. Elle aurait eu un étage, disait-elle, plusieurs chambres, une cuisine moderne et des sanitaires raccordés au tout-à-l'égout, mieux encore que dans les cités.

Et soudain, tout s'écroulait : « Et voilà, patatras ! Qu'est-ce qu'on a regretté. Rien qu'à regarder les plans de la maison, on était déjà tellement heureux. »

« Patatras », ç'avait été, un matin, une lettre du maire. Le conseil municipal avait résolu de réquisitionner le terrain pour y bâtir une caserne de pompiers et le permis de construire était retoqué.

La lettre disait aussi qu'aucune date n'était fixée pour l'expropriation ; néanmoins, précisait-elle, mes parents seraient indemnisés. En attendant, ils pouvaient garder le terrain, y aménager un jardin, par exemple, jusqu'au jour où le maire se déciderait à construire la caserne. Malheureusement, il ne se décidait jamais. Pour les indemnités, par conséquent, on verrait plus tard. Dans un mois, dans un an, cinq, dix, avec ces gens-là, allez savoir.

Puis j'étais née et, comme disait ma mère en pointant son index sur moi : « C'est à cause de celle-là qu'on s'est retrouvés ici. On n'avait plus un sou devant nous, on a dû emprunter et se contenter de ce qu'on a trouvé. On a fermé les yeux sur tout, l'humidité, les voisins, l'histoire des cabinets et, le pire, les droits de passage. Mais peut-être qu'on va repartir du bon pied. Ils l'ont toujours pas construite, leur caserne. Alors la maison, si ça se trouve… »

Dans ce qu'elle disait, nombre de mots m'échappaient, « notaire », « réquisitionner », « expropriation » et même « droit de passage » – je savais pourtant que les voisins pouvaient entrer dans notre jardin quand ça leur chantait pour s'enfermer dans le cabinet ou jeter un seau dans notre puits.

Pour une fois, je ne posais pas de questions, je m'accrochais à la phrase sur laquelle elle concluait son récit – un rituel, ces mots, eux aussi : « Alors la maison, si ça se trouve… » Avec eux, j'avais toute liberté de continuer l'histoire moi-même. La maison qui n'existait pas allait sortir de son sommeil. Je ne savais pas comment ni pourquoi, mais un beau matin, au fond de la terre où elle s'était endormie, elle se réveillerait et pointerait le nez à la façon des plants de salade ou des jonquilles au printemps. Ensuite, elle forcirait, grandirait et on déménagerait. On aurait une chambre chacun, des sanitaires, une cuisine moderne, on vivrait à l'abri d'un rempart de roses sans cour ni voisins, et ce serait bien jusqu'à la fin. Dans cette histoire, de toute façon, il n'y aurait jamais de fin.

Je ne gambergeais pas longtemps. Il fallait partir. Mon père s'impatientait, lançait : « Il est prêt, oui ou non, ce pique-nique, on y va ? » Et une heure plus tard, on se retrouvait dans le jardin de la maison qui n'existait pas, à nous gaver de cornichons et de tartines de pâté Hénaff dans l'ombre du tas de pierres et des rosiers en fleur – on attendait toujours l'été pour s'en aller là-bas.

Il faisait chaud. Le temps, comme la maison invisible, semblait décidé à faire la sieste éternellement. Je me sentais très bien entre les herbes, à rêvasser en regardant le ciel qui avait l'air lui aussi de se plaire à contempler le jardin des possibles.

C'était l'effet de l'histoire, l'envie d'y croire.

12

Là où ma mère s'est surpassée, dans son art de transformer les choses en trois-quatre mots, c'est le dimanche de la mort du chien.

Le chien du voisin du bout, celui qui avait un fusil et que j'appelais maintenant le Voisin Gris. Ça amusait beaucoup mon père, qui s'esclaffait : « On ne peut pas mieux dire, vu qu'il se prend une biture un jour sur deux ! »

Je ne voyais pas le rapport. Et encore moins ce que ma trouvaille avait de si drôle. Moi, j'avais donné ce nom au voisin à cause de sa peau. Elle était vraiment grise. Et dans la cour, à cause de lui, l'atmosphère ressemblait au ciel d'avant les tempêtes : lugubre.

On en a d'ailleurs essuyé une, de tempête. Un soir, le hasard a voulu que mon père et le Voisin Gris se soient engagés au même instant dans le couloir qui menait à la cour. Ils tenaient chacun son vélo à la main et aucun des deux n'a voulu s'effacer devant l'autre. L'inévitable s'est produit : le vélo de mon père a légèrement accroché celui du Voisin Gris, qui s'est aussitôt senti atteint dans sa fierté. Dès qu'il est sorti du couloir, au lieu de rentrer chez lui, il s'est planté devant mon père, lui a barré le passage et lui a décoché un grand coup d'épaule.

Moi, à ce moment-là, j'étais occupée à jouer avec sa fille Soisik, devant chez Maman Ec, autant dire en terrain neutre. J'avais déjà assisté à des bagarres dans la ville, devant des cafés ou dans les allées des fêtes foraines, j'ai tout de suite su qu'ils allaient se battre, mon père et le Voisin Gris ; le grabuge, chaque fois, avait débuté de cette façon-là : l'homme qui s'était senti insulté avait donné un grand coup d'épaule dans celle de l'autre. C'était le début de l'engrenage : mon père serait obligé de rendre son coup d'épaule au Voisin Gris. Qui, aussi sec, l'empoignerait. Ce serait ensuite au premier qui ferait rouler l'autre par terre pour lui coller la honte dessus.

Après ? Le sang, peut-être, comme dans les bagarres que j'avais vues en ville. Et la police, tout le tremblement.

Mon père a respecté le rituel, il a rendu son coup d'épaule au Voisin Gris. Simultanément, il a lâché son vélo. La machine est tombée avec un tel fracas que les femmes de la cour, ma mère, Maman Ec et la femme du Voisin Gris, ont jailli de leur cuisine.

En voyant le vélo de mon père par terre, le Voisin Gris a cru qu'il aurait le dessus. Mais mon père a été le plus rapide, c'est lui qui l'a empoigné et l'autre s'est écroulé.

Les femmes sont toutes parties du même cri :

– Arrêtez, arrêtez !

Nous, les enfants – Soisik, plus ses jeunes sœurs, que les cris des femmes venaient à leur tour d'attirer dans la cour –, on n'a plus osé bouger. Le Voisin Gris ne bougeait plus. Il restait à l'endroit où il était tombé, sur le côté. On aurait dit qu'il était paralysé.

Puis il a eu un râle et Maman Ec a souri.

– Il a son compte…

Contrairement aux apparences, elle ne prenait pas le parti de mon père. Elle restait sur sa position de stricte neutralité. Ce qu'elle voulait dire, c'était que le Voisin Gris était ivre mort et qu'une fois son eau-de-vie cuvée il ne se souviendrait plus de rien.

Sa femme, d'ailleurs, avait l'air soulagée. Et pas du tout secouée. C'était sans doute la routine de sa vie. Elle a placidement lâché : « Allez, on rentre. » Mon père s'était déjà volatilisé.

Ensuite, pendant quelques jours – ou quelques semaines, c'est difficile à dire, je n'avais pas encore la notion du temps –, il ne s'est plus rien passé dans la cour, sauf des disputes de plus en plus violentes entre le Voisin Gris et sa femme. À la longue, on n'y prêtait plus attention.

Mais un dimanche après-midi – de ce détail, au contraire, je me souviens très bien – la cour est traversée d'un hurlement. Il provient du jardin du Voisin Gris, très exactement des alentours de la cabane où il range ses outils.

Comme le jour de la bagarre, on se retrouve tous dans la cour. Aussitôt, le hurlement se mue en petits cris, qui eux-mêmes se muent en gémissements, des genres de couacs entrecoupés de râles. Et pour finir, le silence.

Mon père est le premier à comprendre :

– Il a tué Youki.

Ma mère, aussitôt, recouvre sa voix :

– Le chien n'a rien senti, il a fait ça au fusil.

*

Le voisin, en réalité, avait étranglé son chien. Mon père a mis des décennies avant de me le dire et il s'y est pris comme s'il me révélait un effroyable secret, à mi-voix, à mots comptés.

J'ai eu du mal à le croire. J'étais absolument certaine d'avoir entendu une détonation. Je l'avais même écrit dans le livre interdit.

J'aurais dû saisir que ma mère m'avait menti. Après qu'il eut tué le chien, j'avais vu le voisin partir se soûler au bistrot le plus proche, le Café de l'Habitude. Mes parents en profitèrent pour demander à la voisine si elle allait bien. Je les suivis dans son jardin. Le cadavre de Youki gisait au beau milieu d'une allée. Sur son pelage noir et blanc, pas une goutte de sang.

J'avais aussi entendu ses gémissements, ses râles ; et mon père nous avait si souvent raconté sa guerre que je savais qu'on saignait quand on se prenait une balle. Enfin moi, la questionneuse, la perpétuelle enquiquineuse, j'aurais dû refuser de prendre la version de ma mère pour argent comptant. Mais non, j'avais tout gobé. Puisqu'elle avait dit que le chien était mort d'un coup de fusil, il était mort d'un coup de fusil.

Je trouve qu'elle a eu raison d'inventer cette fable. Elle a dû lui venir par réflexe. Un vrai réflexe de mère, pour une fois. Elle m'avait souvent vue jouer avec Youki dans le bout de cour où je retrouvais Soisik ; elle avait dû saisir – elle était fine – que j'aimais son côté foufou, que je me sentais de la même race que lui, fantaisiste, un peu loufoque. Ce jour-là, en tout cas, elle a réussi un coup de maître. Pour moi, à tout jamais, malgré ses râles et ses cris, Youki est mort sans souffrir, pan !, sans se débattre, sans se voir mourir entre les poings du Voisin Gris.

13

À force de penser et repenser à ma mère comme je le fais depuis qu'elle est morte, j'ai fini par comprendre où elle allait pêcher ses histoires. Dans sa vie, et dans celle des autres. Dès qu'elle quittait la maison – pour des courses à l'épicerie, au marché, dans une boutique de tissus ; ou un mandat à poster, une démarche au guichet de la Sécurité sociale, au bureau des allocations familiales, n'importe quoi pourvu que ça ait lieu, selon son expression, « dehors », c'est-à-dire ailleurs que dans la cour –, elle se mettait à l'affût des moindres incident, péripétie, saynète, détour de phrase qui laissaient entendre que la vie n'était pas écrite d'avance, que sa routine n'était qu'une apparence et que les forces du chambardement, mine de rien, par là-dessous, étaient à l'œuvre. Et dès qu'elle en repérait un, hop là, comme un éléphant avec sa trompe, elle s'en emparait.

Ensuite, le temps qu'elle soit rentrée chez nous, avec ces minuscules fragments de réalité brute, elle s'était fabriqué tout un monde. Elle procédait comme pour la laine de nos pulls, régulièrement détricotée, mélangée à d'autres puis retricotée et finalement métamorphosée en nouveaux chandails, gilets, maillots, paletots ; ou nos robes et manteaux, taillés le plus souvent dans de vieux vêtements qu'elle transformait, à force d'imagination et de savants assemblages, en quelque chose qui n'avait plus rien à voir avec la pièce initiale. Là, ce qu'elle défaisait et refaisait, c'étaient des bouts de choses vues ou entendues dans les rues, si bien retravaillés qu'en fin de compte il en sortait une histoire. Une vraie, qui donnait non seulement à croire, mais à voir.

Ses récits, ultra-brefs, jaillissaient toujours au même endroit : la cuisine, très précisément dans l'étroit triangle formé par son évier, son buffet, et l'alignement de son Butagaz et de son fourneau à bois. Et bien entendu, pas d'histoires sans auditoire. Il était tout trouvé : mes sœurs. L'une des deux suffisait, n'importe laquelle. Si j'étais seule avec elle, elle ne racontait rien. Pas d'histoires non plus quand mon père était là.

*

La voici donc qui, de son cabas, extrait ses provisions qu'elle vient d'acheter et enclenche la routine du repas. Elle épluche des légumes, se retourne vers l'évier, remplit une casserole d'eau. Et soudain, devant son robinet qui coule à plein jet, elle se met à parler.

L'énergie ménagère, au début, ne se laisse pas faire. Il faut, d'urgence, allumer le gaz, jeter une poignée de sel dans la casserole, disposer des couverts sur la table.

Elle s'interrompt. L'histoire reste suspendue dans l'air de la cuisine.

Pas longtemps. L'autre énergie, la narrative, est infiniment plus puissante. Ma mère reprend l'histoire là où elle l'a laissée.

À présent, elle est possédée par le récit. Il l'habite, ses gestes se font brouillons, flottants. Et bientôt absents. Certains jours, elle sale deux fois de suite l'eau qui bouillonne dans la casserole. Ou elle se coupe, brûle un fond de marmite.

Mais rien ne l'arrête, elle déroule jusqu'au bout sa petite pelote narrative et c'est seulement au moment où elle en a fini qu'elle revient de ce côté-ci des choses. Sans transition, là non plus : « Houlà, j'ai balancé deux fois du sel dans les patates ! », « Va me chercher du sparadrap, mon doigt saigne ! »

Du passage de l'histoire dans la cuisine ne reste maintenant qu'une trace, ses joues en feu.

14

Ce qu'elle disait, c'était du roman à l'état natif, comme on parle d'or natif, de minuscules pépites narratives surgies à l'improviste du seul courant de la vie.

Leur éclat était fugace, je les oubliais très vite. Il dut y en avoir des centaines, de ces mini-récits, nés poussière et aussitôt retournés en poussière, perdus à jamais. Ma mémoire n'en a emmagasiné que deux.

La première est l'histoire d'un coq rebelle, qui ne voulait plus de ses poules et s'apprêtait à ruiner une marchande de volailles, « parce qu'il ne voulait plus faire son boulot », affirma-t-elle en sortant de son emballage de papier sulfurisé un poulet qu'elle venait d'acheter, « il se tourne les pouces, ce salaud. Si elle veut garder son commerce, Mme Euzenat, elle n'a plus qu'à le tuer, son coq, le manger et en prendre un autre. Seulement, en attendant, les pauvres poules ! Mme Euzenat m'a dit qu'elles vont pas bien, elle pense que si le coq continue à faire le bêcheur et à crâner, elles vont crever sur pied ».

Je ne sais pas de quelle façon elle s'y est prise : deux mots d'elle et je l'ai vu, le coq gréviste, jetant tout ce qu'il avait d'insolence et de jabot à la tête de la malheureuse Mme Euzenat. Méchant, le gallinacé, presque autant que le Voisin Gris le soir où, depuis son bout de cour, il hurlait qu'il allait tuer mon père d'un coup de fusil.

Le plus extraordinaire, c'est qu'à mesure qu'elle parlait, je voyais aussi surgir le décor et les personnages de son histoire, si nets que je peux encore les décrire. Le poulailler, réplique exacte de celui de Maman Ec. Le harem du coq, une nuée de malheureuses qui avaient beau pousser et pousser, pas moyen de pondre un œuf. En larmes, les poules, toutes retournées, dans le même état que Mme Euzenat au moment où elle cherchait à se mesurer à l'œil de ce salopard de coq. Arrogant, culotté, même pas peur de la marmite où il allait finir. Il continuait à se tourner les pouces. Je les voyais aussi, ses pouces.

Le second récit remonte sans doute à une strate plus récente de mon enfance, six ou sept ans : il s'est incrusté dans ma mémoire comme les récitations que j'apprenais à l'école, par chaînes de mots inaltérables qu'on restitue sans effort, par automatisme.

Ma mère revenait d'un magasin de tissus. Elle y avait croisé une femme qu'elle avait saluée « de loin », dit-elle, avant d'expliquer qu'elle l'avait connue quand fuyant les bombardements, elle s'était réfugiée dans sa belle-famille, à la lisière du Morbihan et des Côtes-d'Armor. « Elle a eu un bébé à tête de grenouille, paraît-il, et les gens ont dit que ça annonçait un grand malheur pour les Allemands. Je l'ai jamais vu, le bébé à tête de grenouille, il est mort vite. Seulement je sais qu'une semaine après les Américains ont débarqué. Il y a eu beaucoup d'histoires bizarres dans les terres, pendant la guerre… »

« Histoires-bizarres-dans-les-terres-pendant-la-guerre… », « Bébé-à-tête-de-grenouille-il-est-mort-vite… ». J'en oubliais mes sœurs. Et il suffit que je les écrive, ces colliers de mots, pour qu'instantanément je me retrouve dans la peau de la petite fille qui écoutait, suspendue entre effroi et merveille, convaincue que sa mère, avec ses mots, détenait la clé d'un univers parallèle.

Je voulais à toute force la suivre dans ce monde d'à côté, mettre mes pas dans les siens, m'engouffrer comme elle faisait dans ses couloirs étranges ; et ensuite, à toute vitesse et les joues rouges, toujours comme elle, je reviendrais de ce côté-ci des choses.

Elle ne l'a jamais su, mais dans ces moments-là, à moi dont elle disait sans cesse : « Ah, celle-là, toujours à me demander la lune ! », elle me l'a donnée, la lune. De ses trois écouteuses, j'ai été, je pense, la plus attentive, celle qui buvait, en même temps que ses paroles, ses silences. Quelque chose me soufflait qu'avec eux j'aurais accès à son secret et, du même coup, à la clé qui me ferait aimer d'elle.

15

Elle n'était pourtant pas la seule à retisser à sa manière les fils de la vie. Je revois des dimanches après-midi où des femmes de la famille, des amies lui rendaient visite. À l'art de ravauder les choses, elles aussi étaient très fortes.

Mon souvenir est vif et précis. Les femmes ont déjà les joues rouges quand elles pénètrent dans la cuisine, même si elles arrivent en désordre et l'air de ne pas y toucher. Ma mère les assied autour de la table puis y dépose une grande cafetière.

Pendant une heure ou deux, elles vont se parler. Ce sera une sorte de chant alterné ; la voix de l'une ne se sera pas tue qu'aussitôt celle d'une autre prendra le relais. Il y a de la cérémonie dans ce rituel, qu'on appelle « jus », au motif qu'il est arrosé d'une décoction de chicorée en poudre et de café fraîchement moulu.

Les hommes savent qu'ils n'y sont pas les bienvenus. Dès qu'ils voient les femmes s'asseoir, ils s'éclipsent et je sais pourquoi : à un moment ou un autre du jus, il sera question d'eux.

Ma mère, lors des jus, ne livre jamais rien d'elle. Elle se contente, au premier silence, de relancer sa petite chorale.

*

Le jus s'apparente vraiment à la musique. Pareilles aux chanteuses d'opéra, les femmes commencent par s'échauffer le gosier. C'est facile, il suffit de parler de choses qui n'engagent à rien. Le prix du café, la rougeole qui sévit dans les écoles, le linge qui ne sèche pas à cause du froid, n'importe quoi pourvu que ce ne soit pas une vraie histoire.

Avec leur bouche en forme de bec et leur poitrine gorgée de mots qui ne demandent qu'à se déverser, je trouve à ces femmes une ressemblance avec la cafetière où se prépare le jus. Ma mère est différente. Elle a la même expression qu'au moment où elle coud, grave, recueillie. Elle n'a d'yeux que pour l'eau frémissante qu'elle fait couler sur son savant mélange de café-chicorée. On dirait qu'elle devine, à travers le métal, la couleur que prend le jus à mesure que sa bouilloire se vide. Et elle a toujours une mine très solennelle quand elle annonce :

– C'est fini de passer.

Elle sert alors sa décoction, concentrée cette fois sur les verres qu'elle dépose l'un après l'autre sur la toile cirée.

Elle a des gestes d'officiante. Et ne déroge à aucune règle du cérémonial. Pour qu'un jus soit un jus, il faut impérativement le servir dans des verres Duralex, ceux qu'on utilise tous les jours. On doit aussi les poser à même la toile cirée. Si elle sortait une nappe et la fine porcelaine de son service de mariage, les paroles resteraient coincées au fond des gosiers. Et avec elles, le jus de la vie.

*

Quand je repense à ces après-midi, je me vois toujours cachée sous la table. Des fils pendent de la toile cirée, je tire dessus.

Quelquefois, ils cassent. Je me mets à gratter le bord de la toile, j'en dégage un autre et je me remets à tirer dessus.

Ma mère ne s'aperçoit de rien. Elle est tout entière aux histoires des autres femmes. Mais elles ont beau caqueter, certaines remarquent mon manège.

Elles imaginent sûrement que je m'ennuie. De temps à autre, une main passe sous la table et me tend un sucre imbibé de jus.

– Prends donc un canard, ma cocotte !

La cocotte adore les canards. Elle lâche son fil, qui est peut-être le fil de l'histoire qui se débobine au-dessus de sa tête.

Elle ne cherche pas à savoir à qui appartient la main qui offre le canard. Elle ferme les yeux, le suçote, s'en régale jusqu'au dernier grain de sucre et, une fois que cet ultime délice a fondu sous la langue, elle se lèche les doigts puis se repend au fil qui la relie à la table des histoires, les yeux fixés sur le mur de jambes qui encercle sa cachette. Bas reprisés, chaussures rapetassées, veines noueuses, qu'est-il arrivé à ces femmes pour qu'elles soient si différentes des petites filles ? Pour ne pas devenir comme elles, il faut à tout prix le savoir.

16

La mémoire, dit-on, est trompeuse. Je la trouve plutôt injuste. Elle œuvre à la manière d'un cinéaste qui se refuserait à filmer en contrechamp et n'offrirait aux spectateurs que le seul point de vue de son héros. Voilà pourquoi nos souvenirs d'enfance sont si univoques et partiaux. Nous n'avons prêté attention qu'à nous-mêmes, nous étions si occupés à nous tailler une place dans un monde qui nous semblait à chaque instant plus déroutant. Et plus tard, quand nous nous interrogeons sur notre passé, nous avons rarement accès au regard de ceux qui nous ont croisés au début de nos vies. Ils sont morts, ou nous les avons perdus de vue. Souvent, d'ailleurs, nous ne nous rappelons ni leur nom ni leur visage. Des ombres.

Et le Temps, sur ces ombres, a aussi fait son travail de sape. Se souviendraient-elles seulement de nous, si nous les retrouvions ?

J'ai eu beaucoup de chance. Il y a quelques années, lors d'un débat avec des lecteurs où il avait été question de ce qui m'avait poussée à écrire, j'ai rencontré une femme qui m'avait connue à l'époque des « jus ». Elle était assise au fond de la salle, je ne l'avais pas remarquée. Mais, au moment précis où l'animatrice s'apprêtait à clore la réunion, elle s'est levée.

À la brusquerie de son geste, il m'a semblé qu'elle avait beaucoup hésité avant de prendre la parole.

Ou plutôt de se jeter à l'eau, car elle a parlé d'une seule traite, pour se lancer dans un récit qui m'a tellement interloquée qu'aussitôt après cette rencontre j'ai reconstitué ses propos par écrit. Voici ces notes :

« Quand je t'ai connue, tu étais toute petite. Tu te souviens peut-être de mon nom, je suis Liliane, j'étais la meilleure amie de ta sœur aînée. Je venais souvent chez toi ; il y avait quelquefois de la visite, des femmes à qui ta mère avait servi un jus. Tu te souviens, pendant les jus, ce que ça pouvait jacasser ! Et toi aussi, tu voulais parler ! Seulement tu n'y arrivais pas, je te revois encore, tu t'accrochais de toutes tes forces à la table de cuisine, tu ouvrais la bouche mais rien ne sortait ou personne ne t'écoutait. Je ne sais plus quel âge tu avais. Dans mon souvenir, en tout cas, tu es minuscule, la table t'arrive à peine au niveau du nez. De temps en temps, quand même, tu réussissais à en placer une. Tu avais une grosse voix, tu toussais souvent, tu reniflais, je me rappelle, je t'ai toujours connue enrhumée. Dès que tu parlais, ta mère te faisait taire : "Ah, celle-là, toujours à vouloir mettre son grain de sel !" Ça n'empêchait rien, tu continuais à t'accrocher à la table, à essayer de parler. »

Ce récit, dès ses premiers mots, m'a saisie. Il avait l'accent de la vérité. Et Liliane, ce prénom me disait quelque chose. Il m'évoquait, en effet, une amie de ma sœur aînée. Je n'arrivais pas, pour autant, à me reconnaître dans cette scène.

Je le lui ai dit : « Je me souviens, moi aussi, de ces grandes parlotes dans la cuisine. Mais, je me vois sous la table. Je me cachais là pour écouter ce qui se disait. »

Elle a maintenu : « Moi, c'est accrochée à la table que je te vois. Tu avais une de ces forces, pour la petite chose que tu étais… »

Puis elle a semblé pensive : « C'est bien possible, cela dit, que tu aies fini par là-dessous. Personne ne faisait attention à toi. À la longue, tu devais te décourager. Au départ, en tout cas, tu t'accrochais, alors là ! C'est l'image qui me reste de toi. Et je crois qu'elle me restera jusqu'au bout. Une mioche qui cherchait à tout prix à mettre son grain de sel, comme disait ta mère. Quelquefois, je me rappelle aussi, tu bougeais les lèvres. Seulement rien ne sortait. Ça restait coincé, je me disais que c'était ton rhume. »

Ce soir-là, j'ai mal dormi. Je n'arrivais toujours pas à me reconnaître dans la gamine que cette femme avait décrite ; cependant j'étais sûre que son portrait était exact. J'avais été un enfant à la peine, mais aussi un enfant agissant. Contrairement à ce que j'avais cru, je ne m'étais pas soumise, j'avais tout fait pour m'asseoir à la table des histoires. Et en fin de compte, au bout d'un très long chemin, j'y étais arrivée. J'avais écrit des livres, j'avais réussi, enfin, à mettre mon grain de sel. Et le jour où ma mère m'avait lancé : « Je t'interdis d'écrire sur la famille ! », je ne m'étais pas cachée sous la table. Au contraire, je l'avais mis, mon grain de sel.

17

Un après-midi, ma mère, je l'ai eue toute à moi. Ces quelques heures me laissent encore l'impression d'un moment inouï.

On s'est sûrement retrouvées en tête à tête des dizaines de fois, mais ma mémoire n'a retenu que ce jour-là. Ce sont les circonstances, aurait dit mon père.

Il n'était pas là et mes sœurs non plus. Je n'ai aucune idée de l'endroit où ils étaient partis. Peut-être sur les routes, à vélo, c'était leur passion du moment.

Je devais avoir cinq ans, des immeubles éblouissants de blancheur commençaient à surplomber les lignes de baraques. De l'espérance coulée dans le béton.

À leur pied, les carapaces des blockhaus, malgré tout, se défendaient bien. On ne s'était pas risqué à les dynamiter et du coup, à un moment ou à un autre, on en avait un dans l'œil, rappel de la terreur nazie et, avec elle, d'une honte entre toutes : des gens de la ville, pendant la guerre, pour avoir quelque chose à se mettre sous la dent, avaient prêté main-forte aux soldats allemands que l'état-major hitlérien avait commis à la construction de la base sous-marine.

Dix ans que la guerre était finie, le maire avait dû se dire : « Il est temps qu'on passe à autre chose, qu'on oublie tout ça, les gens doivent se sentir fiers de vivre ici. » Et il lui était venu une idée : monter une exposition sur l'âge d'or de la ville, le temps de la Compagnie des Indes.

À mon avis, ce ne fut pas très compliqué. Par on ne sait quel miracle, le cataclysme avait épargné les plus beaux de ses bâtiments ; et tous ses vieux trésors, porcelaines, tissus, plans, maquettes, avaient été entreposés en lieu sûr avant les bombardements.

Sans doute ma mère avait-elle découvert l'annonce de l'exposition dans le journal et décidé de s'y rendre sur un coup de tête, je nous vois quitter la maison en voleuses. Aucun souvenir, en revanche, de la séquence qui suit ce départ précipité. Au moment où ma mémoire se réenclenche, nous sommes à l'autre bout de la ville, à franchir une grille gardée par des marins en uniforme. Ma mère chuchote : « D'habitude on n'entre pas, c'est réservé aux militaires. Mais aujourd'hui, on peut. » Elle est à la fois grave et surexcitée ; il me semble que nous allons pénétrer dans un endroit dangereux, où nous n'avons pas notre place.

Je n'étais pas loin de la vérité. Cette enclave militaire, l'Enclos du port, qui datait des débuts de la Compagnie des Indes, avait toujours été perçue comme une ville dans la ville, le siège d'un pouvoir étranger et mystérieux, qui décidait des vies de chacun et menait toutes sortes de tractations opaques ; de vieux habitants la nommaient encore la « Cité interdite ».

*

Je nous vois maintenant longer deux moulins. Je n'en reviens pas, ce sont les répliques des images que je trouve parfois sous l'emballage des plaques de chocolat. Ils sont trapus, prolongés d'ailes et coiffés d'un toit pointu.

Des moulins pour de vrai et ma mère pour moi seule, j'exulte.

Le circuit des merveilles, cependant, est loin d'être fini. Voici qu'elle m'emmène vers une tour très haute et très étroite. « Un phare, annonce-t-elle. On va monter jusqu'en haut. » Je la suis aveuglément.

En réalité, c'était une vigie. À son sommet, dans une rotonde, on plaçait des soldats chargés de surveiller la rade, de guetter les barcasses des contrebandiers et les vaisseaux qui s'en revenaient des Indes. Les jours de beau temps, leur regard pouvait embrasser toute la mer de Belle-Île aux Glénans.

Cela aussi, je l'ai appris bien plus tard. Le seul commentaire que m'a lâché ma mère pendant notre ascension de la vigie a été son nom : « La tour de la Découverte. »

De cette tour ne me restent que son escalier en spirale, ses marches qui n'en finissaient plus et ma peine à les gravir.

Ou plutôt notre peine, à ma mère et moi. J'ignore ce qu'elle cherche, mais puisqu'elle veut monter, je monte. C'est difficile, peu importe, je veux faire corps avec elle. Être son dos en sueur, son souffle coupé. Plus j'escalade de marches, plus je me sens proche d'elle. Personne ne m'a dit d'où viennent les enfants, mais je pressens qu'un jour nous avons partagé nos sangs.

Aucune idée de ce que j'ai vu en haut de l'escalier. Rien, vraisemblablement : il s'arrête au pied de la rotonde, laquelle n'est accessible qu'en escaladant une échelle à neuf barreaux – à ce qu'on m'a dit car je ne suis jamais retournée là-bas ; la tour, depuis longtemps, menace ruine et son accès est interdit.

Ma mère, sans doute, m'a laissée à la garde d'un visiteur au pied de la périlleuse échelle. Elle a dû admirer seule l'immensité de la rade puis réapparaître en haut du neuvième barreau.

Il ne me revient pas que sa disparition soudaine, si elle a eu lieu, m'ait déçue ou angoissée. Rien ne nous a séparées, cet après-midi-là, pas la moindre broutille, aucun nuage. Nous étions ailleurs, toutes les deux. Très loin de tout. Et rien que nous.

Dans la dernière séquence de ce surprenant après-midi, elle devient soudain très loquace. Nous ne sommes plus dans la tour mais dans une salle mal éclairée. De cette pénombre, tels des fanaux qui auraient réussi à percer le brouillard, émergent des objets dont je ne vois pas à quoi ils servent, ni même, pour certains, ce qu'ils sont.

Le premier est un énorme trousseau de clés. Dans mon dos, j'entends la voix de ma mère : « Les clés de la ville. » J'enchaîne aussitôt : « Où est la porte ? »

Une vraie question de demandeuse de lune. Pour une fois, elle ne me rembarre pas. Au contraire, elle se répand en explications, me raconte qu'autrefois la ville était entourée d'un mur très haut qui empêchait les Anglais d'entrer. Il était percé d'une porte, dit-elle. Quand les Anglais arrivaient, on sortait ces clés et on fermait la porte.

Qu'elle soit si savante, ça me rend fière. Seule la mention des Anglais me chiffonne. J'avais cru comprendre que nos ennemis, de toute éternité, étaient les Allemands.

Je suis sur le point de lui réclamer de nouvelles explications lorsqu'elle pointe un blason. J'y découvre une hardie caravelle qui fend la mer sous le soleil levant. Et, comme pour les clés de la ville, j'entends sa voix dans mon dos : « Ce bateau-là, c'était le plus beau de tous les bateaux des Indes. »

Les Indes ? J'ignore jusqu'à leur nom. Là encore, aucune question, ce flux subit d'histoires me laisse sans voix ; et avec tout ce qu'elle me montre et me dit, je me crois au cinéma : « Il s'appelait *Le Soleil d'Orient.* Avant son départ, tout le monde a voulu le voir. Mais les gens allaient vite en parlant, ils disaient : "Je vais voir *L'Orient.*" Notre ville n'avait pas encore de nom, alors c'est resté. »

Une fois de plus, je n'ai pas le temps de souffler, son doigt pointe déjà une assiette, qui, avec son paysage enchanteur, me paraît encore plus stupéfiante que le blason. « Ces assiettes-là venaient de Chine. Elles arrivaient ici par bateau. C'en était plein, ici, de bateaux partis loin. »

Au mot de « Chine », je me fige. Depuis quelque temps, à cause de mes yeux bridés et de mes cheveux raides et noirs, ma mère me surnomme « la Chinoise ». Je me dis que, moi aussi, j'ai dû arriver de Chine. Comme l'assiette, par bateau.

*

Incroyables, on le sait, les idées qui passent par la tête des enfants. Et encore plus inimaginable, l'emprise qu'elles ont sur leur vie une fois qu'ils ont grandi. Ici, comment ne pas penser que ce moment m'a orientée, au sens originel du terme, a fait de moi cette voyageuse que l'aiguille de sa boussole intérieure pousse implacablement à reprendre les chemins de l'Orient ?

Ma mère avait cru s'offrir une visite dans une exposition. Pour moi, ce fut une visitation, et son impact fut tel que je peux en ressusciter la magie à tout moment. En cette seconde, par exemple, je vois l'assiette, comme ce jour-là, débouler depuis les insondables profondeurs du Temps et m'entraîner dans le paysage de rêve que le potier chinois avait gelé sous la couverte de la porcelaine.

Sans doute ma mère ne s'en est-elle pas aperçue, mais cet après-midi-là j'ai été à la fois sa bouche et l'histoire qui tombait de sa bouche, l'assiette qui venait de Chine et sa fille qu'elle appelait la Chinoise, jusqu'au doigt qui me montra la caravelle toutes voiles dehors et le conte qui l'accompagnait, celui du plus beau bateau qui fut jamais construit pour cingler vers les Indes.

Je me revois enfin à l'instant où l'histoire est finie. Je me sens comme suspendue. À quoi ? Sa langue, les vergues du bateau-soleil qui s'apprête à fendre la mer des Indes, les Indes elles-mêmes, dont j'ignore tout mais qu'elle imagine tandis qu'elle parle et que, par conséquent, j'imagine aussi ?

Tout se mélange, l'histoire et ma mère, ma mère et son histoire, mon histoire, la mer et ma mère des histoires.

18

Ensuite, les temps changent. Dans la ville, ça bétonne, ça usine de partout. Il y a de l'avenir dans l'air, les gens sont plus légers. Ils rêvent d'acheter des choses modernes, du genre de celles qu'on affiche sur les murs des derniers immeubles à rester éventrés : des aspirateurs, des frigos, des sodas, des voitures.

Dans les rues, il y a aussi de l'idéal. Et beaucoup moins de honte et d'alcool. Les jours où mes parents m'emmènent au marché, des inconnus, souvent, les abordent, leur tendent des prospectus, leur disent qu'on organise pour les enfants des tas de choses formidables et pas chères du tout. Des écoles de musique, des chorales, des concours de dessin, des colonies de vacances, des excursions à la campagne ou à la plage, tout ça pour trois fois rien. Je remarque aussi que les gens n'ont plus trop l'air de se souvenir de la guerre. Tout s'arrange, on dirait.

Dans la cour, ça s'arrange aussi. Un beau matin, je vois sortir du deux-pièces d'à côté le cercueil du Méchant Vieux. Un peu plus tard, pour une raison tout aussi mystérieuse, le Voisin Gris n'est plus aussi gris. Il ne sort plus son fusil. Pas de disputes non plus dans l'appartement du bout. Ou alors une fois le temps.

Pour moi, le plus beau, c'est ce qu'on dit à ma mère quand elle va chercher son lait chez l'épicière :

– Alors il paraît que vos filles marchent très bien aux écoles. C'est donc des lumières ?

Elle fait ce qu'il faut, elle ne dit ni oui ni non, elle ne crâne pas. Elle est très fière, pourtant, et il y a de quoi : un soir, une directrice d'école s'est engagée dans la venelle et a frappé à notre porte. Ma mère l'a invitée à s'asseoir dans la cuisine ; elles ont parlé un long moment. À présent, je sens qu'un fil invisible sépare notre deux-pièces des autres appartements de la cour, et même des maisons de la rue. Il se passe chez nous, j'en suis certaine, des choses qui n'arrivent pas ailleurs. Depuis quelque temps, par exemple, ma mère taille les vêtements de mes sœurs dans les vieilles robes de la directrice. Et des livres entrent et sortent continuellement du deux-pièces.

Je lui ai demandé pourquoi on ne les gardait pas. Elle m'a regardée gravement. « Ce sont des livres de bibliothèque. Tes sœurs ont une carte. Toi aussi, tu en auras une quand tu seras grande. »

Grande, ça m'a paru très loin. Et pas du tout enviable. Lorsque la directrice est venue, je l'ai trouvée affreusement sérieuse. Depuis, elle m'effraie. Quand elle est revenue, j'ai couru me cacher sous une table. Mais les livres qui ne cessent d'entrer et de sortir de la maison continuent à m'intriguer. Je me suis aperçue qu'à la première occasion ma mère se plonge dedans, tout particulièrement les matins où nous n'allons pas à l'école. Elle en profite pour rester au lit et les dévorer.

Moi aussi, j'en profite. Je m'installe dans son lit à la place de mon père et je m'amuse à observer le manège de ses yeux qui vont de droite, puis de gauche, et encore de droite jusqu'à ce qu'elle tourne la page. Elle ne s'en lasse pas. Et ne s'aperçoit jamais que je suis là.

Ça m'arrange, pour une fois. Je peux me blottir contre elle autant que je veux. Quand elle lit, elle ne sent rien.

*

Lorsque je me remémore cette époque, j'ai toujours l'impression de me retrouver face à une immensité opaque d'où surgit une chaîne – elle, très nette – de grands pics montagneux. Ça ne m'étonne pas. Des saisons et des jours, les enfants ne retiennent que les reliefs les plus saillants. Quand ils auront assez grandi pour se retourner sur leur vie, ces arêtes, comme aux nomades retraversant un désert, serviront de balises.

J'ignore encore ce qui relie ces pics les uns aux autres. Mais bizarrement, je me souviens très bien de l'ordre dans lequel ils s'enchaînent. Pour commencer, ma mère reçoit une nouvelle visite de la directrice d'école. Elle l'assied devant un jus mais la digne enseignante, au lieu de lui raconter sa vie, lui parle d'une de mes sœurs, celle que j'appellerai ici « la Sœur Souveraine » tant ma famille la vénérait. « Votre fille, déclare-t-elle, il faut la pousser. »

Au début, je ne saisis pas ce que la directrice veut dire avec son « pousser ». Puis les choses se précisent, je comprends que ma sœur va partir en pension. « Elle est tellement capable ! s'extasie la directrice. Si elle reste dans mon école, elle va s'ennuyer. Bien sûr, la pension, c'est un peu dur au début. Seulement, vous allez voir, vous serez tellement contents quand votre fille aura son bac. »

Ma mère hoche la tête. Elle est aussi grave que la directrice. Mais très rouge, elle, cramoisie de fierté. À croire que c'est elle qui va avoir son bac.

Moi, à l'idée que la Sœur Souveraine va partir en pension, ça me flanque le cafard. Je suis comme toute ma famille, je la vénère. Et plus, je l'aime. Elle aussi m'aime. Pourtant elle ne me parle guère – elle a toujours le nez fourré dans ses livres et ses cahiers.

*

S'ensuit une période fiévreuse. À la maison, mes parents ne parlent plus que dictionnaires et trousseau. Ma mère passe son temps à coudre.

Puis la Sœur Souveraine disparaît de mon champ de vision, aussitôt remplacée par celle de mes sœurs que je nommerai la Sœur Modèle puisque ma mère décrète qu'en tout, dorénavant, je devrai la copier.

Il fallait s'y attendre : la Sœur Modèle ne tarde pas à prendre cette consigne pour une délégation d'autorité. Je ne peux plus faire un geste sans qu'elle piaille : « Non, t'as pas le droit ! », « Je veux pas ! », « Je t'interdis ! », « Reste pas là ! » Si elle se tait, c'est que mon père est là.

Je ne me prive pas de la lui dénoncer : « Elle est méchante ! » Il intervient, rétablit la paix.

Il n'a pas tourné le dos que la Sœur Modèle reprend les hostilités. Notre mère, chaque fois, lui donne raison. Sauf, elle aussi, quand son mari est là.

Un jour, la Sœur Modèle se met en tête de m'apprendre à essuyer la vaisselle. Le résultat est catastrophique, je casse plusieurs assiettes. Pour me punir, elle me déclare « cloche » et court raconter mes méfaits à notre père. Il l'écoute avec un regard aussi inquiet qu'au moment de l'affaire Maman Ec.

Je tente une manœuvre. Je me force à pleurer et trépigne. « Je veux apprendre à lire ! »

Je ne prends pas grand risque : je sais qu'il dira oui. Et en effet, c'est oui. Puis il éclate de rire. « Toi, alors ! »

Donc c'est décidé, je vais lire. Ma mère ressort du grenier un vieux manuel et me donne chaque soir une leçon de lecture.

Moments de pur bonheur. Comme l'après-midi où nous avons gravi ensemble l'escalier de la tour de la Découverte, je l'ai toute à moi. Le résultat ne se fait pas attendre. En deux mois, je suis à même de déchiffrer le journal.

Mon père est aux anges. Tous les soirs, dès qu'il rentre, il étale sa *Liberté du Morbihan* sur la toile cirée de la cuisine, pointe un article au hasard et me demande de le lui lire à haute voix.

Je m'exécute dans la seconde. Un vrai singe savant. Je ne comprends rien à ce que je lis mais je trébuche rarement. Il est très fier. Et pas loin de crâner.

Ma mère, elle, ne dit mot. Pendant que je fais mon numéro, elle se réfugie dans ses épluchages et casseroles, caparaçonnée de silence. Elle attend le jour où mon père en aura assez.

Fatalement, ça arrive. Aussitôt, la Sœur Modèle ressort de l'ombre avec ses « Je veux pas ! », « Fais pas ça ! », « Reste pas là ! ».

*

Dans le livre interdit, j'avais décrit la joie que ce fut, que ma mère m'apprenne à lire. Mais je m'étais abstenue de dire que c'était moi qui l'avais réclamé ; je n'avais non plus raconté l'incident qui s'était passé juste avant.

Un jour, elle y est revenue. C'est le seul commentaire qu'elle ait lâché sur un de mes livres.

Je l'avais emmenée dans un restaurant de plage. À la table voisine, quelqu'un vilipendait les ravages de la méthode globale :

– Les enfants ne savent plus lire ! Et on leur apprend trop tard !

Elle s'est aussitôt rengorgée :

– Moi, je t'ai appris à lire.

Quelle mouche me pique, ce jour-là ? Telle une gamine, je me cabre :

– Oui, mais c'est moi qui l'avais demandé.

– Ce n'est pas ce que tu as écrit dans ton livre.

Je devrais en rester là. Je n'y arrive pas. Il faut à tout prix – une ado rebelle, vraiment – que j'aie le dernier mot :

– C'est vrai, je ne l'ai pas écrit. Mais apprendre à lire, c'est tout de même moi qui l'ai demandé !

Sa réplique est fulgurante :

– J'avais appris aux autres ! Si j'avais refusé de t'apprendre, ton père aurait encore dit que je faisais la différence !

Je n'ai pas relevé l'expression « les autres » : c'était toujours ainsi qu'elle me parlait de mes sœurs, comme si elles formaient un bloc, une grosse planète à elles deux, dont je n'étais que le minuscule et aberrant satellite. Sa justification, au contraire, m'a heurtée. « Ton père aurait encore dit… » Ils lui furent donc imposés, ces moments que j'avais trouvés radieux ? Ils lui avaient pesé, elle s'était forcée ? Et moi, pendant ce temps-là, j'avais aimé une mère qui n'avait jamais existé ?

Je n'ai pas voulu savoir. Un mot de plus, dans ma bouche ou dans la sienne, aurait été un mal de plus.

19

À ce point de mon récit, je voudrais continuer de la défendre et d'essayer de la comprendre. Je n'y arrive plus. Même quand je me répète : « La vie était tellement dure en ce temps-là. L'argent qui manquait, sa vie petite, étroite. » À chaque ligne, à chaque mot, je me sens redevenir la petite fille que j'ai été, prisonnière de mon amour impossible, et cherchant à m'en libérer avec cette force qu'on nomme à tort « l'énergie du désespoir » : elle n'est qu'espoir.

C'est maintenant l'époque où on se déclare la guerre, ma mère et moi. On entre dans l'archaïque, le fond des tripes.

Disons les choses comme elles sont. Pour elle, je reste la tuile. Et elle en veut à mort à celui qu'elle juge responsable de cette tuile, son mari.

Son mari qui est mon père, me protège en père, et mieux que ça : quelque chose de lui, depuis longtemps, s'est reconnu en moi. Et à mon tour, je me reconnais en lui.

C'est peut-être le nom d'Irène qui nous unit, ces syllabes qui, à mesure que le temps passe, résonnent de plus en plus fort dans la cour. Les petites voisines : « Tu viens jouer, Irène ? » La Sœur Modèle : « Irène, reste pas là, va pas là, je t'interdis ! » Maman Ec, quand elle m'entend gratter à sa porte : « Mais oui, Irène, ma cocotte, j'arrive, je t'ouvre ! » Mon père enfin, le soir, à son retour du travail, au moment où je me jette dans ses bras : « Ah, Irène… » Il sourit, s'attendrit, je lui demande ma ration d'amour et je l'obtiens à tous les coups.

Irène, quel nom. Une voyelle suivie d'une traîne. Un tissu fait d'imagination et de souvenirs enchevêtrés au plus étroit. Pour mon père, la mémoire de la seule aimée. Pour ma mère, le passé qu'elle lui a inventé, la jalousie de ce qu'il fut entre les bras de l'autre Irène, la rivale qu'elle n'a jamais vue, ni même voulu voir.

*

Je me refuse à condamner, juger, honnir et pointer ainsi qu'on m'a honnie et pointée, je reste cette vivace parfaitement équipée pour la survie, la fille dont la mère a pensé : « Elle s'en est sortie, elle va se plaindre ? »

Oui, je m'en suis sortie. N'empêche, au moment où je m'apprête à raconter la suite, je n'arrive plus à me la jouer : « La résilience, youpi ! » Les vilains petits canards ne se défont pas aussi facilement de leur sale plumage. Ils peinent, ils ont besoin d'aide et de chance.

J'ai reçu cette aide, j'ai joui de cette chance. Mais combien d'autres restent sur le sable ?

Ce secours et ce bienheureux hasard portent un nom, celui des êtres qui, dans ma famille, se sont aperçus que je n'allais pas bien et ont eu le bon geste au bon moment. Mon père au premier titre. Et ma grand-mère avec ses rituels venus du fond des âges. Cette chapelle perchée au-dessus de l'estuaire, par exemple, où elle m'emmena souvent dans le dos de ma mère ; et la fontaine sacrée qui protégeait le lavoir communal où elle allait faire sa lessive. Plusieurs fois, dont l'une en plein hiver, elle m'a forcée à plonger les mains dans son eau glacée. « Comme ça, tu seras forte, me soufflait-elle en même temps qu'elle les maintenait dans l'eau. Allez, t'y arriveras. »

Arriver à quoi, elle ne le disait jamais. Il y avait malgré tout entre nous comme un secret qui passait.

Je me demande parfois si, en plus d'elle et dans l'ombre, je ne dois pas compter ceux qui avaient œuvré pour qu'il y ait de la joie le jour de mon baptême, Mado, Maria et les autres, toute cette petite troupe endimanchée qui s'était évertuée à m'entourer de sourires, de bon vin, de bouquets de fleurs fraîches dans les mains des enfants.

20

Mes souvenirs de cette époque sont rares et brefs, mais ils ont un point commun. Tous s'apparentent à ces rêves où l'on cherche à fuir un danger mortel. On veut détaler, on n'y arrive pas, on est paralysé par une force contraire qui s'y oppose avec la dernière énergie.

Intervient alors une troisième force, qui observe ce combat et s'en étonne. On se réveille en sursaut. On reste un moment hagard, puis le seul fait que le cauchemar ait affleuré à la conscience permet à notre vie de reprendre son cours.

Cette troisième force m'évoque toujours les pensées qui habitent Alice, l'héroïne de Lewis Carroll, pendant ses tribulations au pays des merveilles. En ces temps où la guerre qui m'oppose à ma mère manque de me faire sombrer, j'ignore tout de ce livre ; chaque fois, cependant, qu'il m'arrive quelque chose de troublant, l'enfant que je suis se fait à peu près les mêmes réflexions qu'Alice : « Rien de tout ça n'est normal, qu'est-ce qui m'arrive ? Il faut absolument que je me sorte de là et, pour y arriver, je dois absolument m'en souvenir. » Et ma mémoire enregistre l'incident, sans rien masquer de ce qu'il a d'étrange.

Ce réflexe a quelque chose de miraculeux. Aussitôt, ma vie se remet à couler comme avant – jusqu'à l'incident suivant.

Ainsi ce dimanche où mon père nous emmène pique-niquer sur le terrain de la maison qui n'a jamais existé. Les services de la mairie, allez savoir pourquoi, viennent de creuser une tranchée le long de la haie de rosiers et de la barrière qui en ferme l'accès. Les ouvriers y ont dérivé une partie des égouts de la cité voisine, une coulée de magma gris anthracite.

Mon père, à notre arrivée, a eu un moment de stupeur. Puis il a trouvé la solution. Au-dessus de la tranchée, il a posé une vieille porte d'avion. Il l'avait découverte un jour qu'il creusait une fosse à endives au pied du tas de pierres qui aurait dû servir à construire la maison invisible. La porte est rouillée ; c'est sans doute un vestige d'un appareil abattu par les nazis lors des bombardements.

Il fait beau, comme chaque fois qu'on vient ici. Le pique-nique est fini, je joue avec la Sœur Modèle. Mon père est là, elle se tient à carreau, jusqu'au moment où elle sort du jardin et franchit la porte d'avion pour aller cueillir des fleurs dans le champ voisin. Mon père nous l'a strictement interdit, je la regarde faire de loin.

Il doit avoir la tête ailleurs, elle se risque à me crier : « Viens avec moi ! » C'est plus fort que moi, je la rejoins et, à mon tour, je me mets à cueillir des fleurs. Ça finit par me lasser, je relève la tête. Elle n'est plus là.

Je prends peur, rebrousse chemin, m'engage sur la porte pour regagner le terrain. Et là, comme en rêve, plus moyen de faire un pas. Pire, dans mon dos, une force irrésistible me pousse sur l'extrême bord de la porte d'avion, en surplomb de l'épaisse coulée de vase.

Je tourne la tête. Oui, je suis seule, absolument seule sur le pont. Une puissance secourable – la même que celle qui intervient dans les cauchemars – me souffle : « Ce n'est pas grave, marche vers le jardin, avance. » Mais une autre, son ennemie, me l'interdit et, malgré tous mes efforts, je ne peux toujours pas bouger. Je reste un moment figée sur le rebord de la porte d'avion puis la poussée de la force mauvaise est la plus forte, je vacille et je tombe.

Ensuite – ainsi qu'en rêve, vraiment – plus rien, sauf un cercle de femmes au-dessus de moi. Par-delà leurs têtes, je distingue les murs de la cabane à outils que mon père a construite dans un angle du jardin. Ça sent fort le bois ; de l'eau tiède ruisselle sur mon dos, ma mère m'étrille. Une des femmes lui tend une serviette et s'inquiète : « Qu'est-ce qui lui a pris de tomber comme ça de tout son haut ? »

J'ai envie de lui répondre, de lui parler de la terrible poussée que j'ai sentie dans mon dos avant de tomber, de lui dire aussi que c'était très bizarre puisque j'étais seule sur la porte d'avion. Mais quelque chose d'aussi obscur que le vertige qui m'a saisie au bord de la porte me fait savoir que ce serait mal. Je me tais.

Quelques jours, ou quelques semaines plus tard, même scénario à peu de chose près. Ma grand-mère a décidé que les femmes et les enfants de la famille doivent se rendre en pèlerinage à Sainte-Anne-d'Auray. Voici donc que nous débarquons d'un car au pied d'une basilique. Toute la Bretagne est là. La foule est très dense, ça processionne et ça chante de partout. Ma mère est surexcitée, un vrai moulin à paroles. Ses conversations avec des voisines de ma grand-mère l'absorbent tellement qu'elle me confie à la Sœur Modèle.

Celle-ci a l'air de bien connaître les lieux et les rituels. Elle m'emmène aussitôt boire de l'eau sacrée à la fontaine de la sainte.

Là aussi, elle sait ce qu'il faut faire. La femme qui la précède lui tend une tasse métallique. Elle s'en empare, l'essuie d'un revers de main, écope un peu d'eau, la boit et, à son tour, me tend la tasse.

J'essaie de la copier de mon mieux, puis je relève la tête et je me fige. Comme le jour où je suis tombée dans la tranchée de l'égout, elle a disparu.

J'essaie de fendre la foule. Très vite, je dois me rendre à l'évidence : je l'ai perdue.

Ensuite, plus rien. Le noir absolu, jusqu'au moment où je me retrouve devant un autobus. « Ce ne serait pas ta maman ? » me chuchote une voix de femme. Aussitôt, je revois clair. Pas d'un seul coup, de façon progressive. La lumière se fait d'abord dans le petit cercle où j'ai distingué la silhouette de ma mère. Puis, par ondes successives, elle gagne tout mon champ de vision.

On m'expliquera que j'avais disparu pendant plusieurs heures et qu'on m'avait cherchée. Et on me questionnera : « Qu'est-ce que t'as fait, pendant tout ce temps-là ? Où t'étais ? T'as parlé à des gens, on t'a emmenée quelque part ? » Je n'ai pas su quoi répondre. Tout ce qui me revenait, c'est que subitement, sans le moindre signe avant-coureur, j'avais cessé de me souvenir. Mais le dire ? Comme la poussée que j'avais sentie dans mon dos avant de tomber dans l'égout, cette mémoire qui s'était éteinte et rallumée me faisait l'effet d'une faute abominable. Si j'en parlais, j'étais perdue.

*

Une autre fois, ma mère vient me chercher à la sortie de l'école maternelle. J'aime l'école, mais davantage encore ce moment où l'on se retrouve, elle et moi.

Ce soir-là, dès qu'elle s'approche, une institutrice s'interpose : « On ne peut plus prendre votre fille à la cantine. Huit jours qu'elle ne mange rien. »

Je lève la tête vers ma mère. Elle a l'air encore plus contrariée que l'institutrice.

Je ne comprends pas ce qui leur prend. Je suis certaine d'avoir mangé. La preuve, je n'ai pas faim.

Qui a tort ? Sûrement moi, puisque ma mère répond : « Tant pis, je vais la reprendre à manger le midi. »

Et la vie recommence comme avant, à ceci près que je déjeune chez nous et ma mère, au lieu de faire un seul aller-retour entre la maison et l'école, s'en voit infliger deux.

*

À ce moment-là, je suis vraiment dans l'état d'Alice, après qu'elle a bu tour à tour la liqueur qui fait rapetisser et le gâteau qui fait grandir. Je me sens très bizarre ; et pas loin de me poser la même question qu'elle : « Si je ne suis plus la même, qui puis-je être devenue ? Et si j'avais changé pendant la nuit ? »

Un matin, j'en ai bien l'impression. Je m'apprête à rejoindre la cuisine pour prendre mon chocolat quand mon père part d'un grand cri :

– La petite ! Elle a la jambe toute raide ! Elle boite !

Je me dis qu'il est fou : je ne sens rien, ni raideur ni boiterie.

Il me désigne à ma mère, qui n'a rien vu. Elle hausse les épaules.

Il n'en démord pas :

– Mais si, regarde !

Il est dans tous ses états. Puis, d'un air extrêmement sévère, il décrète :

– Il faut la montrer.

Je comprends tout de suite : on va m'emmener chez le médecin. Les grandes personnes, lorsqu'elles sont malades, consultent. Les enfants, eux, sont montrés.

Me voilà donc montrée. À un médecin inconnu, qui me sourit et me pose quantité de questions.

Ça me plaît énormément, je lui réponds. Il prend ensuite ma mère à part. Je m'en sors sans médicaments, et le lendemain matin, je ne boite plus.

Puis un autre jour, mon père, plus grave encore que la fois d'avant, redécrète : « Il faut la montrer ! » Maintenant, paraît-il, je hurle en dormant.

De ces mauvais rêves, je n'ai pas le moindre souvenir. Je le dis. Ça ne sert à rien, je me retrouve dans le bureau du docteur-questionneur.

Il me plaît de plus en plus. Cette fois, au lieu d'emmener ma mère dans une autre pièce comme la fois d'avant, il lui parle en ma présence :

– Laissez-la manger ce qu'elle veut.

Dans la seconde, elle se dresse sur ses ergots.

– Mais enfin, sa croissance ! Vous ne vous rendez pas compte, cet été, quand je vais la mettre en maillot sur la plage ! Maigre comme elle est déjà… On va dire que je la fais crever de faim !

Il ne se laisse pas ébranler :

– Elle va remanger.

– Puisque je vous dis, elle avale rien ! Elle veut pas !

– Mais si, elle va manger. Regardez-la.

Il se tourne vers moi, il me sourit. Moi aussi.

Sa méthode a dû marcher : plus jamais je ne serai montrée. Et surtout, à partir de ce jour-là, la belle vie ! Je mange tout ce que je veux. Et en plus, sans que personne cherche à m'embêter, je peux me livrer à mon nouveau jeu : je me raconte des histoires tout bas.

21

De ces histoires, j'ai une trace. Une trace matérielle, des souvenirs au sens concret du mot, des objets qui remontent à cette époque bénie.

Je les ai découverts dans la maison de mes parents lors de l'inventaire qui a suivi leur mort. Je ne suis pas tombée dessus par hasard. Comme l'album, je les ai cherchés. Mais eux, je les ai trouvés.

Ils étaient entassés dans une boîte. Pas la vieille boîte en fer où ma mère les entreposait quand j'étais petite. Celle-là était en carton, et toute neuve.

Je me fichais du contenant, c'est le contenu qui m'intéressait. Une petite centaine de boutons.

Je viens de les étaler sur la table où j'écris. Ils n'ont de valeur et de sens que pour moi. Ces boutons sont mes premiers supports d'histoires. Mes premiers personnages.

Lorsque j'ai ouvert la boîte, je rêvais d'y retrouver mes deux boutons préférés. Je me souvenais encore du nom que je leur avais donné. Pour le premier, au motif qu'il était fait de métal doré et que son pourtour était souligné d'une frise qui pouvait évoquer une couronne médiévale, c'était « la Reine des Boutons ». Et pour le second, « la Méchante ».

Ce bouton-là, lui aussi, avait été moulé dans du métal. Il était lourd et renflé. On aurait pu le prendre pour un innocent petit tapir, s'il n'avait été strié de raies jaune citron et vert acide – la carapace, on aurait dit, d'une bête particulièrement malfaisante.

De mes deux boutons fétiches, je n'ai trouvé que la Méchante. Je m'en suis contentée. Je l'ai emportée et, longtemps, je l'ai conservée sur mon bureau.

Puis je l'ai égarée. Elle a dû tomber dans ma corbeille à papier et finir à la poubelle.

Je ne la regrette pas. Elle passait son temps à s'attaquer aux plus humbles, aux plus désarmés de mes boutons, les boutons-pressions, les petits boutons nacrés destinés à fermer les poignets et les cols de nos corsages ; et, plus férocement encore, aux parias de la boîte à boutons, les boutons de culotte.

Eux, les malheureux, dès qu'ils la voyaient pointer son chafouin museau, ils n'osaient plus bouger. Hélas, pas de proies plus faciles, on les repérait de loin tant ils étaient laids. Qu'est-ce qu'elle leur en a fait voir, la Méchante !

Et la Reine des Boutons qui laissait faire, ne disait jamais rien, se contentait d'arborer sa mirifique couronne dorée.

Tout un monde, la boîte à boutons. Il y avait des héros, des règles, des hiérarchies, des conflits, des ennemis, des injustices, des rébellions.

Pour ces fictions, j'ai sûrement trouvé des matrices dans les contes que j'avais lus et les dessins animés que j'avais vus au cinéma, *Bambi*, *Blanche-Neige*, *Peter Pan*. Mais ces moules, ça crève les yeux, je les ai remplis de ma propre histoire. D'ailleurs, c'est bien simple : dès que je rouvre la boîte à boutons et que je la vide sur une table comme maintenant, je me reconnais, je suis ce bouton bleu roi.

Et voici les boutons dont j'ai fait mes plus fidèles compagnons. Eux aussi, de bonnes bouilles de boutons pour tabliers d'enfant. Seule notre couleur nous distingue. J'étais bleue, eux étaient rouges, verts, jaune d'or.

C'est vraiment formidable qu'on se retrouve. On était comme les Mousquetaires, eux et moi : un pour tous, tous pour un. Rien de plus facile, on avait le même ennemi, cette saleté de Méchante qui n'arrêtait pas de s'en prendre aux boutons sans défense, les trop pauvres, les trop moches, les petits, les sans-grades. Nous y arrivions parce que nous étions ardents et jamais fatigués.

Pas seulement. Moi, leur chef, j'avais l'art de nouer des alliances avec des boutons puissants et silencieux, aussi dorés que la Reine, mais dotés de super-pouvoirs. Ils se reconnaissaient à l'emblème dont était frappée leur cuirasse, une ancre de marine. Je ne les sollicitais qu'en dernier recours. Lorsque je les appelais en renfort, du coup, ils savaient que c'était du sérieux et intervenaient dans la seconde. Contre eux, la Méchante ne pouvait absolument rien. Mille fois, ces irréprochables et muets dignitaires m'ont permis de rétablir la justice dans le Monde des Boutons.

À la première occasion, hélas ! la Méchante récidivait. Elle avait ça dans le sang, et le drame, c'était que la Reine, au lieu de la neutraliser une fois pour toutes, cette garce, ou de l'éjecter carrément du Monde des Boutons, lui laissait le champ libre. Jamais un mot, jamais un geste, ma reine bien-aimée, un monument d'indifférence. Avec mes vaillants compagnons, par conséquent, je n'avais pas pacifié le Monde des Boutons que la Méchante, des abîmes de la boîte où je l'avais reléguée, ressortait son abominable carapace jaune et vert et revenait semer la terreur dans le peuple des réprouvés.

*

Quand je rouvre la boîte à boutons, j'éprouve toujours un immense bien-être. Le même qu'en ces temps bienheureux où, juste après mes deux rencontres avec ce médecin dont j'ai oublié le visage mais pas le nom – il va prêter à sourire puisqu'il s'appelait le Dr Bretagne –, j'ai dévidé dans mon coin ces guerres sans fin.

Ce bien-être, c'est d'échapper au Temps. J'en suis restée familière. À cet instant, par exemple, où je tape depuis un bon moment sur mon clavier, quelqu'un est sorti de l'appartement, quelqu'un d'autre est entré, tout juste si je m'en souviens. Des courriels se sont accumulés dans ma boîte mail, je n'ai pas levé le nez, et pas bougé davantage quand mon téléphone a sonné. La nuit tombe, mon thé est froid, je devrais allumer ma lampe, pas moyen, je m'abandonne tout entière à mon histoire. Pareille à ma mère, finalement, lorsqu'elle brûlait ses casseroles : complètement déconnectée de la réalité. Je me suis enfuie, comme elle, dans une vie qui me semble plus forte que la vie, et le restera tant que je n'aurai pas décidé de rejoindre l'autre, qu'on dit la vraie.

Seulement la mienne, de vie parallèle, est tout aussi vraie. Et peuplée, ainsi que la première, de gens qui parlent, se taisent, se cachent, se dévoilent, s'égarent, errent, vont droit, ont des secrets et un destin, quel qu'il soit, raté, terne, glorieux, créatif, incompris, passionné, déjanté ou complètement imbécile. Ces gens sont soumis au Temps, comme vous et moi, et tout aussi implacablement, la fin les guette. Mais de cette vie-là, au moins, je suis maîtresse ; et dans mon petit monde, la mort même est vivante.

Non, vraiment, rien n'a changé depuis l'époque où mes amis boutons et moi, confrérie de golems en goguette, menions une guerre sans pitié à la Méchante. Je cherche toujours à faire rendre gorge à cette saleté de réalité, je veux encore la forcer à cracher son morceau de vérité. Et pourtant, comme en ce temps-là, elle ne cesse de ressortir de son trou et repart à l'attaque.

Il faut alors, selon le mot de Kipling, enchaîner sur une autre histoire. Et reprendre la guerre du début.

22

Le romanesque a déferlé sur notre cuisine à midi. Midi, c'était l'heure du facteur ; il a toqué à la porte et tendu à ma mère une enveloppe au liseré tricolore.

Son papier fragile et léger était frappé de plusieurs timbres, tous chatoyants, et si imposants qu'ils avaient entamé le dessin imprimé en haut de l'enveloppe, celui d'un avion.

Ma mère, pour la décacheter, a attendu que le facteur soit parti. Elle s'y est prise avec un soin inhabituel, en s'aidant, en guise de coupe-papier, du plus pointu de ses couteaux. Puis elle a lu la lettre et annoncé :

– Grande-Marraine va venir.

Il y avait de la cérémonie dans sa voix. Et elle s'était raidie. Je ne l'avais jamais vue dans cet état. Elle avait quelque chose du soldat au garde-à-vous.

Tout de suite, j'ai été en alerte. Grande-Marraine, c'était un nom à entrer dans le Monde des Boutons. J'ai demandé :

– Qui c'est ?

Au ton de sa réponse, j'ai compris que j'aurais dû le savoir :

– Enfin, Grande-Marraine, c'est ma marraine ! La sœur de ma mère ! Ta grand-tante ! Tu l'as déjà vue, pourtant !

Je ne me souvenais pas. Et je m'y perdais, dans ses « grand-tante », « marraine », « sœur de ma mère ».

Elle a dû le sentir, elle a tenu compte de ma remarque :

– Oui, Grande-Marraine, la dernière fois qu'elle est venue, t'étais trop petite.

Ses joues s'étaient enflammées. À tous les coups, on allait avoir droit à une histoire.

On l'a eue. Plus palpitante, plus exaltante, je n'en avais pas entendu. Ou alors je n'avais pas écouté.

Cette fois, j'ai tout suivi : cette histoire était plus qu'une histoire, c'était une vie. Une vraie vie, qui avançait sans jamais s'arrêter. Et plus elle avançait, plus je me sentais forte. Il y avait de quoi : c'était le prodigieux destin de Grande-Marraine avant qu'elle ne devienne Grande-Marraine, l'époque où elle s'appelait encore Marie-Job Le Bouquin, « Bouquin comme un bouquin », avait précisé ma mère à la première phrase, avant de pincer la bouche à la façon de ma maîtresse d'école et d'épeler : « B-O-U-Q-U-I-N. »

23

Ce fut comme au cinéma, j'ai vu les lieux, les choses, les gens. Les scènes s'emboîtaient les unes dans les autres sans que ma mère cherche à les relier. Et pourtant je comprenais tout.

Dans sa vie, cette histoire, elle l'a racontée je ne sais combien de fois. Elle l'a parfois expédiée en dix minutes, d'autres jours ça a duré, et encore duré. Les mots, les détails ont pu changer. L'ordonnance des tableaux, jamais.

En ouverture, le même décor, les mêmes dialogues, les mêmes personnages. Au fond d'un bled perdu au fond des terres perdues – ainsi ma mère nommait-elle la cambrousse, Kergavidel, où était née Marie-Job Le Bouquin –, Jeanne, sa sœur aînée et ma future grand-mère, lui annonce que leur père est mort. Il n'y a plus un sou à la maison, ajoute-t-elle. Donc cet après-midi, on va la conduire à quinze kilomètres de là, dans le bourg, Languidic, où s'arrêtent les terres perdues, et on va vendre ses cheveux à un marchand de cheveux.

C'est un genre de colporteur, précise Jeanne, il est dans le coin depuis deux jours, sur la place du bourg, à attendre les filles qui ont des tignasses comme la sienne, longues et blondes. Il en donnera une fortune, ces cheveux-là sont les préférés des perruquiers parisiens.

Aussitôt dit, aussitôt fait, deuxième tableau. Sur la place du bourg où s'arrêtent les terres perdues, Marie-Job, onze ans, est délestée en trois coups de ciseaux de ses cheveux qui lui tombaient jusqu'aux fesses, puis rentre chez elle sans trop savoir si elle doit rire ou pleurer : elle n'a plus un poil sur le caillou mais avec l'argent qu'elle a reçu sa famille va pouvoir manger pendant un an.

Au début de son récit, ma mère a mentionné que les sœurs Bouquin étaient toutes les deux des blondes aux yeux bleus. Je pourrais lui demander pourquoi Marie-Job a été la seule à se faire tondre. Je me tais, j'ai déjà mon idée sur la question : des sœurs Bouquin, c'était elle, la cadette, qui avait les plus beaux cheveux.

Troisième tableau, les sœurs Bouquin ont bien grandi et un nouveau malheur leur tombe dessus : leur mère, à son tour, vient de mourir.

Ça ne les abat pas, bien au contraire, ça les décide à quitter les terres perdues. Plus question de continuer à s'esquinter le dos dans les champs des autres. Elles veulent aller sur la côte, là où il y a du mouvement et de l'argent.

Avec les sœurs Bouquin, ça ne traîne jamais. Là encore, aussitôt dit, aussitôt fait, les voici qui amidonnent et repassent leurs coiffes, astiquent leurs sabots, s'enfoncent dans un chemin creux, rejoignent la route et débarquent sur un champ de foire où, tous les 15 janvier, ceux qui n'ont pas d'autre richesse que leurs bras les proposent au plus offrant.

Là non plus, ça ne traîne pas. En moins d'une heure, elles trouvent à s'embaucher. L'aînée, Jeanne, chez un maraîcher qui cultive des choux à la lisière de Lorient ; la cadette, Marie-Job, entre comme bonne à tout faire chez le plus gros mareyeur du port.

Ma mère n'a pas dit pourquoi, des deux sœurs, c'est la plus jeune qui a dégoté la meilleure place. Pas la peine, j'ai encore compris : des filles Bouquin, Marie-Job est la plus dégourdie. Je sais aussi qu'elle ne va pas en rester là.

Je ne suis pas déçue. Au quatrième tableau, les sœurs Bouquin se marient. Jeanne convole en coiffe et sabots – elle travaille toujours chez son maraîcher – et Marie-Job en robe courte et souliers vernis. Elle a de quoi se les payer. En un rien de temps, elle est passée de bonne à cuisinière. Et elle a pris des manières. Finie, la coiffe, elle porte des chapeaux, se tartine la bouche de rouge à lèvres, se poudre et parle français presque aussi bien qu'une institutrice. Lorsque ma mère, par conséquent, en arrive au métier de son fiancé, je ne suis pas le moins du monde surprise d'apprendre qu'il travaille en costume-gilet-cravate dans les bureaux des Nouvelles Galeries, tandis que l'époux de sa sœur, mon futur grand-père, est manutentionnaire dans le même grand magasin, où, des camions aux réserves et des réserves aux rayons, il se coltine toutes les belles marchandises que l'autre a commandées.

Quand même, elle commence à me lasser, cette petite sœur qui est toujours plus forte que la grande. Si c'est comme ça jusqu'à la fin, je vais m'ennuyer.

Seulement ma mère, c'est une tenace. Une fois qu'elle a pris quelqu'un dans sa pince à histoires, elle ne le lâche plus. Et elle a une astuce, pour qu'on reste suspendu à ce qu'elle raconte : elle se tait, soupire et prend un air très contrarié. Grande-Marraine, dit-elle, est une femme compliquée. Elle n'est jamais contente de sa vie. Et les risques qu'elle prend, houlà ! Chez le mareyeur, par exemple. Elle a tout pour elle, à ce moment-là : son patron est à ses pieds, il n'arrête pas de l'augmenter, elle est devenue la reine des praires farcies, des coquilles Saint-Jacques au muscadet, et surtout du homard au cari – terriblement risqué, ça aussi, le homard ; il faut tuer la bête d'un bon coup de couteau entre les yeux, ensuite la débiter en tronçons pendant qu'elle continue à gigoter ; et après, précipiter dans l'huile bouillante les morceaux qui bougent encore, je vous jure que ça demande un sacré cran. Donc, chez le mareyeur, elle devrait rester.

Eh non ! D'un jour à l'autre, elle rend son tablier, Marie-Job. Comme ça, sèchement. Avec tout ce qu'elle a gagné chez son patron, elle vient de s'acheter une épicerie.

À partir de là, je m'attends à tout.

*

Je vais être servie. Marie-Job, dès qu'elle s'installe derrière son comptoir, transforme son mari en toutou. Et gare à lui s'il regimbe. Tout de suite, il se prend : « Allez, on file droit, c'est à prendre ou à laisser ! »

Je ne comprends pas pourquoi il se laisse faire. Ma mère le sent, elle se fend d'une explication : « Grande-Marraine, son secret, c'est les yeux. Quand ils sont sur toi, tu peux plus rien. Ils te percent pire qu'un chat. »

Tout de même, le mari-toutou finit par en avoir assez de la femme-chat. En douce, il se met à picoler.

Rien de plus facile, la cave de l'épicerie est bourrée de bonnes bouteilles.

J'en suis sûre, ça, Marie-Job Le Bouquin, elle ne va pas l'avaler. Et en effet, au tableau suivant, elle lui vide son sac, il n'est qu'un alcoolique, un fainéant, un bon à rien, etc.

Mais le mari-toutou, cette fois, montre les crocs. Il court à la cuisine de l'épicerie, qui se trouve au premier étage, s'empare d'un sac de poivre moulu et, du haut de l'escalier, en jette une pleine sachée dans les yeux de Marie-Job.

S'en prendre à ses yeux de chat, alors là, c'est couru, elle ne va pas le supporter. Elle va se venger.

Évidemment qu'elle se venge. Et c'est simple comme bonjour d'y arriver, aucun risque pour une fois, elle joue sur du velours. Parce que, vous savez quoi ?, libre comme l'air, Marie-Job, elle n'a pas eu d'enfants, en dehors d'un chat ! Un siamois, qu'elle aimait tellement qu'elle l'a fait empailler quand il est mort.

Donc je reprends. Dès que le poivre a fini de lui piquer les yeux et qu'elle y voit clair, elle flanque son mari dehors. « Très bien, puisque c'est ça, je divorce ! »

Jamais peur de rien, Marie-Job Le Bouquin. Elle sait qu'en divorçant elle n'aura plus le droit de mettre les pieds dans une église et qu'à l'heure de sa mort elle sera expédiée chez le diable aussi sec, mais elle s'en fout.

*

C'est là qu'on se retrouve complètement coincé dans la pince à histoires. Parce que comment elle va s'en sortir, Marie-Job Le Bouquin, comment elle va réussir à devenir Grande-Marraine, comment elle en arrivera à vivre aux colonies ?

L'art de ma mère, c'est de le dire pile au moment où vous vous posez la question. Rideau, nouveau tableau, Marie-Job Le Bouquin a mis le grappin sur un officier de marine. Oui, un officier, un gradé, rien que ça.

Comment elle a fait ? Ses yeux, ça tombe sous le sens ! Du jour où l'officier les a vus, au Cercle naval où elle était serveuse – oui, entre-temps, elle avait bazardé l'épicerie et changé de travail –, il est devenu complètement fou d'elle et il n'a eu qu'une idée, l'épouser.

Oh ! mais elle sait y faire, Grande-Marraine, avec les hommes ! Elle ne dit pas oui tout de suite, elle prend son temps. C'est seulement au moment où l'officier de marine est devenu complètement maboul qu'elle consent.

Et maintenant, on passe à la cérémonie de mariage. Pour commencer, elle se rend chez une couturière ; et c'est décidément une femme très spéciale, Marie-Job, parce que normalement, quand on se remarie, on s'habille en marron, en violet ou en beige, à la limite en blanc cassé. Seulement elle, elle ne fait rien comme tout le monde, elle choisit du noir. Du noir, j'ai bien dit du noir, pour un mariage ! Et des pieds à la tête, voyez-vous ça, le manteau, le chapeau, les chaussures, les gants, tout. Vous avez deviné pourquoi ? Non ? Je vous le donne en mille : son premier mari, le type de l'épicerie et des Nouvelles Galeries, il a eu le bon goût de mourir un mois avant, ce qui a fait d'elle une veuve au lieu d'une divorcée. Donc elle peut se marier à l'église, tête haute ; et quand elle mourra, le diable sera feinté, il ne pourra pas l'envoyer en enfer !

Ce qu'elle est forte, Marie-Job Le Bouquin. Si je m'attendais à ça.

*

Malgré tout, je le renifle, ma mère ne va pas pouvoir la continuer longtemps, son histoire. Et en effet, voici le dernier tableau. L'ex-Marie-Job Le Bouquin, à présent Grande-Marraine pour toujours, part pour les colonies. Elle va prendre le train, puis l'avion.

Sur le quai de la gare, toute la famille l'a suivie et les femmes sont en pleurs. Je l'aurais parié : celle qui sanglote le plus fort est sa sœur Jeanne, qui n'est jamais partie nulle part. « En avion, tu vas mourir, gémit-elle, on te reverra jamais ! »

Tu parles si ça va arrêter Marie-Job ! Elle, comme toujours, elle s'en fout, elle monte dans le train sans trembler, sans se retourner, et ensuite pareil sur la passerelle de l'avion, fière comme pas deux au bras de son officier de marine.

Enfin, là-bas, aux colonies, plus de souci, même pendant la guerre. Plus jamais faim, plus jamais froid, des boys pour la servir, des chapeaux, des bijoux, des sacs en croco, le coiffeur autant qu'elle veut, des robes en soie, la belle vie, oh là là…

*

Puis venait le mot de la fin. Un grand soupir, toujours le même : « De toute façon, Grande-Marraine, depuis le début, elle a fait ce qu'elle a voulu. Et ce qu'elle voulait, c'était partir ailleurs. »

24

À cette époque-là, « ailleurs », c'est un mot que je n'aime pas. Il me terrorise. Dès que je me dispute avec la Sœur Modèle, ma mère me le crie aux oreilles : « Tu verras comment les gens te dresseront quand tu iras ailleurs ! »

Pourquoi j'irais ailleurs ? Je veux rester ici, dans la maison, à dormir dans mon lit, loin de tous ces gens qui dressent les enfants.

Évidemment, la Sœur Modèle en remet. À la plus minuscule incursion sur son territoire, elle hurle :

– Va voir ailleurs si j'y suis !

Et immanquablement, dès que mon père rentre du travail, je cafte :

– Elle veut me chasser de la maison ! Elle a pas le droit ! Si elle m'envoie ailleurs, je mourirai !

– Qu'est-ce que tu me chantes là ! Ne touche plus à ses affaires, c'est tout.

J'obéis. Jusqu'au lendemain, où le cycle reprend, les disputes, l'ailleurs brandi comme un épouvantail, les cris, les pleurs, la peur.

Heureusement, il y a le Quelque Part. Lui, c'est l'ailleurs sans la peur.

Je tiens son nom secret, comme ceux des personnages du Monde des Boutons. Même à voix basse, je ne le prononce jamais. Je le garde au plus profond de moi, rêve précieux et honteux tout à la fois.

Je l'ai hérité de ma mère, ce rêve. De temps à autre, elle pique une petite crise et lance à mon père : « Maintenant ça suffit, j'en ai assez d'être enfermée ici. Toi, t'as ton travail, ton jardin, tes copains, ton syndicat, mais moi ? Et les enfants ? Faut qu'on sorte, bon sang, faut qu'on aille quelque part ! »

Il tente de se dérober. Il perd son temps ; c'est comme pour la couture et les histoires, elle connaît son affaire. Elle passe à autre chose puis, quand il ne s'y attend plus, elle revient à la charge : « Je te jure qu'on va aller quelque part ! J'ai mis l'argent de côté, de toute façon. Je vais prendre les filles avec moi et j'irai seule ! »

« J'irai seule » : il cède tout de suite, dans un grand soupir, « Pfff... », qui fait le même bruit qu'une coulée de sable.

L'hiver, nous allons au cinéma, deux ou trois fois. Et l'été, à la plage. Toujours la même, Toulhars, par le car, deux ou trois fois, comme pour le cinéma.

Mais c'est curieux, depuis quelque temps, j'ai réussi à m'y inventer un ailleurs à moi : l'îlot qu'on aperçoit entre Port-Louis et Groix.

Dès lors, c'est décidé : le jour où je saurai nager, j'irai là-bas. Je m'installerai dans l'anse blanche qu'on aperçoit entre les rochers, j'aurai le sable en farine sur mes pieds nus et plus rien dans la vue, ni cour ni voisins ni venelle ni jardin, la mer seule. Et là peut-être, plus loin que notre banal Quelque Part, j'approcherai un ailleurs qui ne me fera pas peur, la belle vie de Grande-Marraine.

*

Je l'emportais avec moi, ce nouveau rêve, quand le car nous avait retrimballés jusqu'à la ville avec nos sacs bourrés de sodas éventés et de maillots humides. L'air de la mer m'avait tellement sonnée que je marchais au radar dans les rues vides, mais au fond de mes sandales et sur le plastique tiède de ma bouée, il y avait encore assez de sable pour me rappeler la petite île, les voiles, les ports, les mâts, l'horizon qui cachait l'ailleurs enchanté que s'était gagné Grande-Marraine.

25

Par deux fois, Grande-Marraine a remis son voyage. « Le canal de Suez, a expliqué ma mère. Il est bloqué, elle ne peut pas sortir de Djibouti. »

C'était donc ça, son ailleurs, Djibouti. J'aurais pu demander : « Où c'est ? », ça n'aurait étonné personne. Je n'ai rien dit. Maintenant je m'en fichais, de l'endroit où elle vivait. Je voulais la voir, c'est tout.

Ma mère s'en est aperçue. « Avec elle, faut jamais s'inquiéter. Elle s'en sortira, de son Djibouti. Elle s'est toujours sortie de tout. »

Elle disait vrai, Grande-Marraine a fini par trouver un bateau pour venir nous voir. Elle a mis du temps, mais par un jour d'été je l'ai vue surgir dans la cour. Elle portait des lunettes noires, une amande de brillants au doigt et un tailleur moiré qui reflétait le soleil.

Elle avançait en même temps que son parfum, sans toucher terre, on aurait cru, mince et blonde, presque jeune malgré sa bouche étoilée de rides et les griffes qui, je l'ai vu dès qu'elle a ôté ses lunettes, ourlaient déjà ses yeux de chat.

Elle parlait à son mari. Tout en elle donnait dans l'aigu ou le pointu, la voix, les ongles vernis, la bague, jusqu'à ses chaussures, des talons aiguilles, et ses baisers. De doux, elle n'avait que la peau ; et ce fut stupéfiant de toucher cette femme qui ne ressemblait à aucune autre. J'ai tout de suite voulu qu'elle m'emmène avec elle.

J'y suis presque arrivée. Je n'ai rien prémédité, ça s'est fait tout seul. Depuis l'avant-veille, j'avais compris que ma mère la détestait. À tout propos elle grinçait : « Grande-Marraine, le chameau que c'est, vous n'imaginez pas. Quand j'étais petite, qu'est-ce qu'elle m'en a fait voir ! Pour elle, je n'étais jamais assez bien. Et ma mère disait pareil, évidemment. En plus, elle est d'un radin… »

Et la tête qu'elle a eue, au moment où Grande-Marraine s'est approchée d'elle pour l'embrasser. Front buté, bouche pincée, pas un sourire. L'effet des yeux de chat de Grande-Marraine ? C'était vrai, ils vous transperçaient. Et ma mère devait envier sa beauté, sa blondeur, sa minceur, sa souveraine aisance dans son tailleur moiré. Enfin, pour la recevoir, elle avait dû « sortir le grand jeu », comme elle grinçait depuis deux jours, « le grand tralala, tout le tintouin ».

Pour un tintouin, c'en était un. Il avait fallu tout ranger dans la maison, tout dépoussiérer, encaustiquer, faire nos lits au carré. Puis mettre des rallonges à la table de notre chambre-salle à manger, extraire l'argenterie du buffet, la nappe damassée, le service de mariage, tasses en porcelaine et verres en demi-cristal compris, plus des ustensiles que je n'avais jamais vus – une pince à sucre, par exemple, une pelle à gâteau. « Je me demande bien pourquoi je me donne tout ce mal, avait répété ma mère à tout bout de champ. Avec Grande-Marraine, il y aura toujours quelque chose qui cloche. »

*

Au début, pourtant, les choses ont marché comme sur des roulettes. Grande-Marraine a ignoré le regard mauvais que ma mère lui avait lancé et lui a fait des grâces. L'atmosphère, instantanément, s'est allégée ; au moment de l'apéritif, ma mère l'a servie comme si c'était la reine d'Angleterre, sans une seule faute, la dose exacte de banyuls dans les verres qu'il fallait, les petits, et comme il fallait, sur un plateau, avec des biscuits à la cuiller disposés en étoile sur une assiette de faïence de la même couleur que le vin, c'était ravissant. La maison fleurait l'encaustique mais pas trop, aucun moyen de soupçonner que ma mère et la Sœur Modèle en avaient enduit les meubles et le plancher à peine deux heures plus tôt, après une journée épuisante à poncer le sol à la paille de fer. Pour complaire à Grande-Marraine, elles avaient aussi tiré les persiennes sur le jardin noyé de soleil, en prenant bien soin de les laisser assez entrebâillées pour qu'on y voie clair – tout le monde savait dans la famille que c'était sa manie depuis qu'elle vivait aux colonies.

C'est moi qui ai tout fichu en l'air. Dès le premier plat, une salade de tomates, j'ai repoussé mon assiette.

– J'ai pas faim.

Des mois que ça n'était pas arrivé. Grande-Marraine a immédiatement fiché son œil dans celui de ma mère.

– Où a-t-il pris ces manières, cet enfant-là ?

Ses mots étaient aussi pointus que sa voix. Mon père a bredouillé un début de phrase : « Justement, on voulait vous en parler après le repas… », mais ma mère l'a interrompu :

– Oh ! Ça remonte à loin, cette histoire. La petite devait avoir deux ans. Quelqu'un lui a donné à manger un bonbon rouge qui l'a dégoûtée et depuis, ça ne loupe pas, dès qu'elle voit un aliment rouge, un morceau de viande saignante, une fraise, quoi que ce soit, c'est plus fort qu'elle, elle a l'appétit coupé, elle peut plus rien avaler…

Elle inventait. Comme ça lui venait, à mesure des mots. Une phrase en amenait une autre, puis une nouvelle, encore plus extravagante. Maintenant, après les fraises, dont je raffolais, elle parlait des framboises et des cerises, que j'adorais aussi, et des cassis – ça, j'aimais moins. On en était à présent aux betteraves – je n'avais jamais rien eu contre les betteraves.

Ça se voyait qu'elle mentait. Ma phobie du rouge, plus elle en parlait, plus elle devenait rouge elle-même ; tandis qu'en face d'elle la bouche de Grande-Marraine se crispait davantage – on aurait cru la pince à sucre.

Ma mère aurait dû s'arrêter, changer de sujet. Mais non, elle continuait, elle brodait ; et maintenant qu'elle se perdait dans ses petits développements, elle était forcée de revenir à l'histoire initiale, celle du bonbon qui m'avait dégoûtée.

Je me demandais comment elle allait s'en sortir. Et Grande-Marraine aussi, je crois, car elle s'est subitement redressée contre le dossier de sa chaise et elle a coupé court :

– Eh bien moi, si c'est vrai, tout ce que tu racontes, je saurais lui en faire manger, à cette petite, des fruits rouges. Je la mettrais au jeûne un jour sur deux et on verrait bien !

Si c'est vrai, tout ce que tu racontes. Crime de lèse-histoire. Ça ne pouvait que mal tourner.

*

Ça a mal tourné. Ma mère, dans la seconde, a viré du rouge au blanc, blanc de mort.

Puis elle a défié, non pas Grande-Marraine, mais la femme qu'elle avait été des années avant, la paysanne en coiffe et sabots qu'elle avait connue, petite, à travers les récits de sa propre mère, sous le nom bien moins glorieux de Marie-Job Le Bouquin ; et elle s'y est prise comme on s'y est toujours pris dans les bleds perdus au fond des terres perdues, méchamment, aigrement :

– Il faudrait encore en avoir eu, des enfants, avant de donner des leçons aux autres ! Alors quand on n'a pas réussi, ni d'une façon ni d'une autre…

Là aussi, elle en a usé comme dans les bleds perdus, elle a laissé sa petite flèche en suspens dans l'air, perfide façon de signifier à Grande-Marraine : « Maintenant, ce que j'ai dit, tu en fais ce que tu veux, à bon entendeur, salut ! » Et elle nous a tous plantés là pour se réfugier à la cuisine, d'où ne nous est plus parvenu qu'un chaos de sonorités métalliques, jusqu'à ce qu'elle revienne. Elle était sinistre. Elle avait la même tête, je m'en aperçois maintenant, que sur la photo de mon baptême.

J'ignore ce qui s'est passé ensuite, j'en ai profité pour me volatiliser, en chipant au vol des bananes que je suis allée engloutir au fond du jardin. Mon père a-t-il joué de diplomatie, ma mère s'est-elle excusée, expliquée ? Grande-Marraine et son mari, en tout cas, quelques semaines plus tard, depuis Djibouti, ont écrit à mes parents. Ils allaient quitter les colonies, leur ont-ils annoncé, et rentrer vivre dans leur villa de Saint-Nazaire. Ils m'invitaient pour les prochaines vacances.

26

Jamais, dans cette petite villa où je tombais à chaque pas sur des objets dont je ne soupçonnais pas l'existence, porcelaines et laques indochinoises, tapis persans, masques africains, statuettes d'ivoire, tableaux épinglés de papillons multicolores, Grande-Marraine ne m'a parlé de son passé. Sauf une fois, l'année d'après, quand on s'est mieux connues, pour me raconter l'histoire du marchand qui lui avait coupé les cheveux pour les vendre aux perruquiers de Paris.

Depuis le jour où ma mère avait inventé ma phobie des fruits rouges, je me demandais si elle n'avait pas tout imaginé de la saga de Marie-Job Le Bouquin. La confidence de Grande-Marraine m'a soulagée. Là, à nouveau, j'y ai cru, à son prodigieux destin. Et d'y croire, ça a rendu mes vacances chez elle encore plus extraordinaires.

*

Un jour, l'année de mes vingt ans, j'ai débarqué chez Grande-Marraine à l'improviste. La villa n'avait pas changé. Son regard non plus, elle avait toujours ces yeux de chat qui vous perçaient.

Cependant elle était amaigrie et semblait inquiète. Son mari était malade, finit-elle par m'avouer. Je crus aussi comprendre qu'il avait eu des revers de fortune. Il voulait vendre la villa.

Elle m'a servi un thé dans ses porcelaines d'Indochine puis m'a emmenée dans sa chambre. Au-dessus de sa coiffeuse, où trônait un flacon géant de Chanel *N° 5*, étaient toujours accrochées les photos de son « beau temps » – ce fut son mot. Ma mère, une fois de plus, ne m'avait pas trompée. Sur tous ces clichés, elle était magnifique et d'une élégance souveraine. Avec sa minceur, ses traits un peu asiates et son maintien impeccable, elle avait quelque chose de Marlene Dietrich.

Elle a vu que j'avais vu. Elle s'y attendait, il me semble ; elle a eu un petit sourire et m'a désigné un placard, qu'elle a ouvert. « Tiens, prends-les. »

Elle pointait trois vêtements noirs, deux robes et un manteau. « Je te les donne. »

Avec le soin qu'elle mettait en toutes choses, elle les extrayait déjà du placard, les étalait sur son lit ; et, comme si elle cherchait à leur redonner vie, elle les a caressés du bout des doigts.

C'étaient des pièces somptueuses, vraisemblablement des copies de Chanel ou Lucien Lelong, taillées toutes les trois dans des tissus de prix, doublures comprises. Pas un accroc ni le premier début d'attaque de mites. On aurait dit qu'elles sortaient de l'atelier de la couturière.

Depuis le temps qu'on se connaissait, Grande-Marraine et moi, on n'avait plus besoin de se parler pour se comprendre. J'ai tout de suite deviné que c'étaient les vêtements qu'elle avait portés le jour de son second mariage. Une fois encore, ma mère n'avait rien inventé. Et ça m'a tellement réjouie qu'à la seule vue du manteau et des deux robes j'ai revécu cette vie qui n'était pas la mienne, mais que j'avais faite mienne dès les premiers mots qu'elle avait eus pour la raconter.

Je les ai portés, ces vêtements. Le manteau de velours doublé de soie brochée bleu glacier et les deux robes, celle de crêpe Georgette et l'autre, dont le satin, à la taille, est ceinturé d'un lien de strass. Puis j'ai fini à mon tour par les embaumer dans un placard. Je les ressors de loin en loin.

Je ne les enfile pas. Je fais comme Grande-Marraine le jour où elle me les a donnés, je les étale un moment sur un lit et je les effleure de la main. Et c'est chaque fois la même chose : je crois sentir sous mes doigts la matière dont on fait les romans, le tissu du Temps.

27

C'est au retour de mes premières vacances chez Grande-Marraine que j'ai commencé à squatter le grenier. Personne ne m'en a empêchée, pas même la Sœur Modèle. Je me suis installée là-haut en toute liberté.

Chaque fois que j'y pense, je suis persuadée d'avoir consumé dans ce grenier le plus clair de mes journées, d'y être montée sitôt levée pour n'en redescendre qu'au moment des repas, et d'y avoir vécu pendant des années.

Je sais que c'est faux. Au moment, vers sept-huit ans, où je m'aventure là-haut toute seule, ma vie, déjà, ne gravite plus autour de la maison, mais de l'école. J'y vais maintenant toute seule. Je n'en sors qu'à six heures du soir – je suis inscrite à l'étude, où je fais mes devoirs. Et lorsque je rentre, je n'ai qu'une idée, jouer dans la cour avec une des filles du Voisin Gris, Soisik. Ce n'est pas ma seule amie, loin de là. Dans ma classe, je m'en suis fait quantité d'autres, dont Anne, qui m'invite très souvent chez elle.

Donc, pure reconstruction, cette dilatation du temps. Illusion de la mémoire, comme il y a des illusions d'optique. Du reste, si j'avais passé mes journées au grenier, j'aurais grelotté la moitié de l'année ; ses solives et ses ardoises laissaient passer tous les vents coulis. Là-haut, dès le mois d'octobre, il faisait si froid qu'on n'avait qu'une envie, regagner le rez-de-chaussée le plus vite possible.

Ça ne fait rien, dès que je le revois, mon grenier, je suis convaincue d'y avoir passé le plus clair de mon enfance. Une part de moi y est restée.

Avant d'écrire le livre interdit, j'ai voulu le revisiter. La maison avait été vendue et revendue, longtemps qu'il avait disparu, remplacé par ces « combles aménagés » bien standard, bien proprets, dont sont friands les agents immobiliers, isolation en Placoplâtre, poutres apparentes, lits et bureau IKEA, console électronique. Ça ne m'a pas atteinte. Dès que je l'ai quitté, j'ai retrouvé, absolument intactes, toutes les chimères dont je l'avais peuplé.

J'en déduis que ce sont elles, ces figures imaginaires, qui rendent mon grenier éternel, non la poussière du temps perdu, et encore moins le chaos qui, comme dans toutes les maisons de ce temps-là, s'était formé sous ses poutres au fil des ans, amas confus de choses rouillées, usées, jaunies, défoncées, cassées ou tout simplement « passées de mode », ainsi qu'on disait à l'époque. Tout ce capharnaüm a fini à la casse ou à la décharge. Pas mes fantasmes. Eux n'ont jamais vieilli. Ils sont aussi frais qu'autrefois et ne mourront qu'avec moi.

28

Je peux encore reproduire le rituel de mes montées au grenier. Pour commencer, je demande à ma mère la plus ancienne de ses paires de ciseaux, celle qu'elle a achetée à seize ans, à ses débuts dans la couture. Ses lames ont perdu de leur tranchant, elle me l'abandonne sans difficulté.

Elle ne cherche pas à savoir ce que je vais en faire. Elle ne s'étonne pas non plus que j'aie cessé de jouer avec sa boîte à boutons.

Me voici libre de mes faits et gestes. Je m'engage dans l'escalier. Il n'est pas éclairé, ma frayeur grandit à chaque marche. Mais je ne flanche pas, je monte et monte encore, quelque chose m'attire là-haut, qui est plus fort que la peur.

Sur le seuil du grenier, dernière épreuve, la plus redoutable : je me prends en pleine face, suspendue dans le jour poudreux qui tombe de la lucarne, une silhouette sans tête ni jambes ni bras, le mannequin dont ma mère m'avait lâché un jour qu'elle ne s'en servait plus depuis que mon père l'avait contrainte à ne plus « coudre pour les autres » – ç'avait été son mot, paraît-il. Elle s'était soumise, avait renoncé à exercer son métier.

*

Elle ne revient jamais sur cette confidence, sauf par allusions, les jours où elle doit remplir des documents administratifs et se voit obligée, à la rubrique « Profession », de répondre « Sans », au lieu de « Couturière », comme avant. Elle s'en plaint : « J'aimerais bien écrire "Mère de famille", mais ce serait mal vu, c'est pas reconnu. »

Impossible de situer l'époque de sa vie où elle a cessé de travailler. Le moment, semble-t-il, où ma seconde sœur s'est annoncée, voire les semaines qui ont suivi sa naissance ; c'est en tout cas ce qu'elle m'a laissé entendre quand, au tout début de mes expéditions au grenier, j'ai déniché une liasse de formulaires vierges où j'ai vu son nom imprimé en petits caractères, au-dessus d'un intitulé en italique et en gras : ***FACTURE***.

J'en suis restée stupéfaite, au point qu'enfreignant pour une fois la règle de silence que je m'étais imposée pour tout ce qui touchait à mes activités au grenier, j'ai aussitôt dégringolé l'escalier pour la lui montrer.

Loin de me rabrouer, elle s'est à nouveau confiée. Elle a évoqué une période, au lendemain de la guerre, où ils avaient eu quantité de projets, mon père et elle, dans une maison dont elle ne m'avait pas parlé jusque-là. Ils s'y étaient installés, précisa-t-elle, le temps que la ville soit déminée.

Elle n'inventait rien. Les formulaires portaient la mention d'une adresse qui m'était inconnue : « Pen-er-rostet, rue de Lanveur », suivie d'une date incomplète : « Le… 194… »

Ils m'ont longtemps poursuivie, ces points de suspension, ce millésime incomplet. Sans rien connaître des lettres qu'elle avait échangées avec mon père pendant la guerre, j'y ai toujours senti, de façon trouble, l'espoir fou qui l'avait habitée lorsque son mari, enfin, lui était revenu. Oui, selon le serment qu'il lui avait écrit du temps qu'il vivait derrière les barbelés nazis, ils allaient mettre leurs forces et leurs jeunesses en commun, se bâtir un avenir, une maison, ce serait l'amour-toujours, elle ne compterait plus les années.

Et elle y avait cru. Cru comme à la fin d'un conte. Ou à la dernière image de ces romans-photos que, déjà, il ne voulait plus qu'elle lise.

Dès qu'elle m'eut expliqué l'origine de cette liasse de factures, je lui demandai :

– Je peux jouer avec ?

Elle haussa les épaules :

– Ça sert plus à rien, de toute façon. Maintenant que j'ai lâché le travail, comment veux-tu que je recommence ?

29

J'ai voulu que ça recommence. Elle ne l'a pas su mais là-haut, pendant quelques semaines, je suis montée au grenier pour remplir ces formulaires et facturer à de fantomatiques clientes des dizaines de robes, jupes, manteaux, chapeaux tout aussi imaginaires. J'en trouvais les images et le descriptif dans de vieux numéros du *Petit Écho de la mode*. Comme le fol espoir de ma mère, ils dataient de l'immédiate après-guerre.

À ces factures, souvent, j'ai joint une photo ou un croquis de la toilette que j'étais censée avoir sortie de mes mains. Je l'avais découpée dans le même *Petit Écho* et je l'agrafais à l'aide de trombones volés à la Sœur Modèle.

Je me faisais payer très cher. Je me souviens précisément de mes tarifs. Ils étaient indexés sur le coût de ce qui me semblait le summum du luxe : une poupée en costume breton qu'à force de manœuvres et trépignements j'avais réussi à extorquer à mes parents pour mon anniversaire.

Je l'ai toujours. Dix centimètres de haut, un corps en celluloïd et, pour le costume breton, du tissu acrylique. La coiffe est elle-même taillée dans de la dentelle synthétique. Coïncidence ? Elle porte la coiffe de

Rosporden, la ville où mon père avait rencontré la fatale Irène à qui je dois mon prénom.

*

Mes factures mentionnaient aussi le nom de mes clientes. C'étaient ceux de femmes bien réelles. Je me souviens seulement de trois d'entre elles. Maman Ec, bien sûr, à qui j'ai froidement facturé des robes sanglées et des fourreaux du soir qui devaient tailler du 36 – à tout casser, du 38. Ensuite, Mme Gallic, la directrice d'école qui avait envoyé la Sœur Souveraine en pension et nous donnait ses vieux vêtements ; maintenant, c'était moi qui l'habillais. Et elle casquait, pas qu'un peu.

Je fus enfin la couturière attitrée de Mme Lévenez, la meilleure pâtissière de la ville. Je savais que ma mère, de temps à autre, poussait la porte de sa boutique et s'y offrait un gâteau. Si je l'accompagnais, j'y avais droit, éclair au chocolat ou baba au rhum, au choix.

Rien qu'en formant le nom de toutes ces femmes qui se ruinaient pour mes robes imaginaires, je sens le papier de mes factures sous mes doigts. Il était lisse et doux. De la qualité. Par les temps de pénurie qui avaient suivi la guerre, il n'avait pas dû être facile à trouver. Je suis sûre aussi qu'il avait coûté cher.

Puis elles m'ont lassée, toutes ces factures que je n'envoyais jamais. Je les ai jetées et je me suis mise à fouiner dans le grenier, en prenant bien soin d'éviter le recoin où dormait la valise noire de mon père, ainsi que deux planches disjointes qui grinçaient sous mes pas – je les appelais « la Blessure ».

Avant de descendre, je m'offrais une petite halte sur le sommier où j'avais rédigé mes factures lors de ma période comptable et je me découpais une nouvelle figurine. Pas un modèle de robe, cette fois. Un modèle de mère.

Ou plus précisément la mère que je venais de m'inventer, ma vraie mère, celle qui m'avait laissée dans cette maison à ma naissance pour une raison que je ne m'expliquais pas. Un jour, j'en étais certaine, elle viendrait me chercher.

À force, j'en ai eu des quantités, de ces mères de papier. Et de toutes sortes, du moment qu'elles étaient blondes. Un jour, j'en découpais une qui passait sa salle à manger à l'aspirateur Tornado. La fois d'après, je jetais mon dévolu sur une élégante armée de jumelles dans la tribune d'un hippodrome. Ou elle s'en allait au bal comme la mondaine qui paradait devant la tour Eiffel en disant tout le bien qu'elle pensait du parfum *Soir de Paris*. J'ai même eu deux mères ultra-sexy, celle qui attachait ses bas aux jarretelles d'une gaine Scandale en riant aux éclats, et une autre, qui faisait de la pub pour Oufiri, la crème à faire pousser les seins.

Contrairement à mes factures, je n'ai pas caché mes découpages. Dès que j'avais fini de ciseler ma mère modèle, je l'abandonnais en pleine vue au beau milieu du sommier. Puis je redescendais toute guillerette et je rendais ses ciseaux à ma mère. Elle les prenait sans un mot, égale à elle-même, lointaine et froide.

Moi aussi, son indifférence me laissait de marbre. J'avais l'amour de ma nouvelle mère, la blonde de papier. Et elle, au moins, là où elle était, sur le sommier du grenier, elle n'avait rien d'autre à faire de ses dix doigts que m'aimer, veiller sur moi.

*

Je viens de regarder la photo de classe de cette année-là, où j'ai commencé mes découpages. On m'a assise au premier rang, celui des petites. Mes pieds ne touchent pas terre, je ne dois pas peser lourd et cependant on me remarque tout de suite, tant je suis radieuse. Une écolière bien dans sa peau. Elle va s'en sortir. Elle s'en sort déjà.

On ne peut pas en dire autant de toutes les gamines qui s'alignent sur les trois bancs. Ici ou là, l'œil est arrêté par des faces tragiques, des regards éteints, qui me rappellent aussitôt ces rumeurs qui couraient dans l'école sur telle ou telle, un père mort en mer, un frère en prison, une mère expédiée à l'hôpital parce qu'elle buvait ou qu'elle avait une maladie grave, on ne savait pas trop.

Et ces deux filles, là, avec leurs frimousses espiègles. Six ans après cette photo, elles ont été engrossées par un de ces voleurs d'enfance qu'on n'appelait pas encore des pédophiles. Du jour au lendemain, elles ont disparu du quartier, et même de la ville. Il s'est dit qu'on les avait envoyées accoucher dans un couvent perdu du fin fond de la Bretagne. Je ne les ai jamais revues.

30

À l'époque de cette photo, je suis persuadée que ma famille – au sens large du terme, la tribu qui m'a entourée le jour de mon baptême – est absolument indissoluble. Rien ne peut l'atteindre, rien ne peut la changer. J'attribue cette invulnérabilité à la forme que je lui prête, celle d'une pyramide parfaite ; et à l'œuvre bénéfique du nombre qui, selon moi, en régit l'organigramme, le trois.

Je n'en parle à personne, même pas à mon amie Anne, en qui, pourtant, j'ai toute confiance. Ce serait trahir ma tribu, et, plus encore, la souveraine autorité du Trois. On ne sait jamais, avec les nombres. Comment se mesurer à eux ? Leur précision, me semble-t-il, relève d'un ordre secret devant quoi on doit impérativement plier, comme lorsqu'on vous demande qu'une division ou une soustraction tombe juste ; et c'est ce type d'exactitude fatale, d'après moi, qui régit la configuration de ma pyramide familiale. À son sommet, un trio : mon grand-père, ma grand-mère et Grande-Marraine. À l'étage médian, doublement des effectifs, six personnes. Mais le Trois reste aux commandes, elles forment trois binômes, la cousine Maria et son mari

Vincent, tante Mado et l'oncle Armand, enfin mes parents.

J'ai aussi remarqué que ces trois paires sont homogènes et très unies. Les hommes sont tous de jeunes quadragénaires et les femmes des trentenaires. Maria a trente-huit ans, ma mère trente-cinq et Mado trente-quatre. Toutes sont mères au foyer, et leurs maris, qui touchent des salaires à peu près équivalents, revendiquent unanimement leur appartenance à la classe ouvrière.

Mes parents n'ont pas réussi à « faire construire » ; ça n'entame en rien la solidarité des trois ménages. Soudés de longue date par les « malheurs de la guerre », comme ils disent, puis les difficultés de la survie dans la ville dévastée, ils continuent à se tenir les coudes : achats en commun de barriques de cidre et de tombereaux de pommes de terre, échanges d'outils et de semences pour les jardins, coups de main lors des travaux de peinture ou de maçonnerie, enfin, chez ma grand-mère, ces réunions de famille où nous nous retrouvons, nous les enfants, qui formons la base de la pyramide. Là encore, le Trois a imposé sa loi : nous sommes neuf, trois par famille. Nous sommes vraiment bénis, rien ne changera.

*

Deux ans après la photo de classe où je suis si radieuse, il ne reste plus rien de mon bel empire du Trois. Le cousin Vincent a été emporté par une crise cardiaque. Quelques mois plus tard, en un rien de temps, l'oncle Armand l'a suivi dans la tombe. Ma grand-mère, de chagrin, est morte le printemps d'après, et l'automne n'était pas là que ma mère a accouché du fils qu'elle espérait depuis si longtemps. Elle ne s'en est pas tenue là. Quatorze mois plus tard, elle a mis au monde une dernière fille.

31

Je peux retourner pendant des heures le magasin de mes souvenirs, je ne retrouve rien qui suggère que ce grand chamboulement familial m'ait moi-même chamboulée. Les images qui me reviennent de ce temps-là ressemblent à celles qu'enregistrent les caméras de surveillance : froides et neutres. Il arrive des choses, c'est tout.

Je vois d'abord les deux veuves se mettre en quête d'un travail. Mon père les conseille, les assiste dans leurs démarches administratives, entoure les enfants. Puis ma mère surgit dans le champ, son fils dans les bras. Elle a beaucoup vieilli ; ses cheveux de grisonnants ont viré au blanc, mais elle exulte. Elle achète ensuite un berceau neuf. Il est splendide, comme la petite fille qu'elle y dépose quelques mois plus tard.

Mon père, dans ces souvenirs, apparaît toujours dans un coin de l'image, droit, à son habitude, fier, organisé, déterminé. Je ne l'entends jamais se plaindre ni nous faire la morale. Les murs du deux-pièces ne cessent plus de se rapprocher de nous, mais quoi qu'il arrive, il avance, il agit, il tient. C'est la loi du « marche ou crève ». Personne ne l'évoque ; chacun, néanmoins, s'y soumet rigoureusement. Ma mère tient, mes sœurs tiennent, je tiens.

La maison, pourtant, n'est plus une maison. Elle s'est transformée en machine à fabriquer alternativement de l'ordre et du chaos. À grand renfort de bassines fumantes, lessiveuses chauffées à blanc, bouilloires, stérilisateurs, détergents, balais, chiffons, elle s'emploie à répandre partout une impeccable propreté – sur les fils tendus dans le jardin, par exemple, ces linges que je vois abandonner aux grands vents leur lumineuse blancheur. Puis sans préavis, la machinerie s'inverse et génère avec la même aveugle énergie tout un flux de vêtements souillés, draps froissés, lits défaits, vaisselle sale, poubelles pleines à ras bord, jusqu'au moment où, tout aussi soudainement, retour à la phase un, nouveau bain de vapeur, déluge d'eau claire, contre-offensive des bataillons de la propreté, détergents, désinfectants, brosses, balais, serpillières, paille de fer, bassines, seaux, éviers, cuvettes, et l'ordre reprend le pouvoir pour quelques heures.

De ce monstrueux mouvement brownien émerge en permanence la silhouette de ma mère. Fourmi programmée ou fourmi zigzagante, c'est selon. Mais toujours une idée fixe : réparer le saccage créé par les bébés. Lesquels poursuivent un objectif rigoureusement contraire, foutre en l'air tout ce qu'elle a fait.

Nous aussi, mes sœurs et moi, nous essayons de jouer les fourmis. Elle nous écarte. On dirait qu'elle l'aime, sa machine-maison. Tout juste accorde-t-elle à la Sœur Modèle l'autorisation de donner des biberons. Il faut l'insistance de mon père pour qu'elle instaure un tour de vaisselle et m'assigne au ravitaillement en lait à l'épicerie du coin.

Moi, hors de question que je prenne les bébés dans mes bras. La seule fois où je m'y risque, à la naissance de mon frère, elle s'interpose entre le berceau et moi. « Ah non, tu vas pas commencer ! »

Commencer quoi ? La question me traverse l'esprit. Mais je renonce à la poser.

C'est un réflexe, depuis la première mort, celle de l'oncle Vincent. Je sais qu'on ne m'expliquera rien. Ou si peu.

*

Les enterrements, tenez. Chaque fois, le matin de la cérémonie, ma mère a décrété : « T'y vas pas, c'est pas pour toi. Tu vas rester chez Maman Ec, ton père est d'accord. »

Orgie de bonbons et de beurre noir en perspective, ça me va. Le jour des obsèques de ma grand-mère, on se défoule comme jamais, Maman Ec et moi. Je ne suis pas entrée chez elle qu'elle me fourre entre les mains une pile de romans-photos. « Faut que tu te consoles, ma pauvre cocotte. » Un baiser sur la bouche par page, débauche à gogo. Je rentre à la maison sur un petit nuage.

Pour la naissance de mon petit frère, à l'inverse, gros cafouillage. Ma mère délègue l'annonce à la Sœur Modèle, qui, pour la circonstance, daigne me rendre visite au grenier. Elle m'y trouve plongée en plein découpage de mère de papier, mais, toute à sa mission, elle n'y voit que du feu.

Puis c'est l'annonce. Je ne lève pas le nez de mon *Petit Écho*. Un bébé, tiens donc. D'un côté on meurt, de l'autre on naît, l'empire du Trois s'est bel et bien écroulé, j'enregistre sans piper mot.

Ma froideur, à l'évidence, la prend de court. Elle en parle à ma mère et dès le lendemain, nouvelle visite au grenier, où je suis retournée faire un découpage, pour contredire la première annonce : « Finalement, il n'y aura pas de bébé, fausse alerte. »

Dont acte, une fois de plus. Je ne lève pas davantage le nez de mon découpage et cependant, cette fois, je me pose de sérieuses questions. Est-ce qu'elle invente ? Et si elle n'invente pas, pourquoi se charge-t-elle des nouvelles ? Ma mère serait-elle devenue muette ? Je suis sûre que mes mères de papier – j'en ai maintenant des dizaines à dormir sur le sommier – s'y prendraient autrement. Et mon petit doigt me dit que, de ces annonces et contre-annonces, il va, un jour ou l'autre, sortir quelque chose.

Il n'en sort rien, sauf qu'un après-midi je m'aperçois que ma mère tricote furieusement, en plus de coudre. Je me jette à l'eau :

– Alors tu vas avoir un bébé ?

Elle a un haussement d'épaules.

– Ça se voit, non ?

Puis un matin, au réveil, mon père m'apprend qu'il l'a emmenée à la clinique et que j'ai un petit frère. Je demande à le voir. La Sœur Modèle répond à sa place :

– T'as pas le droit, t'es trop petite !

Et elle coupe court à toute tentative de rébellion :

– De toute façon, maintenant qu'on a un petit frère, t'es une grande, tu fais ce qu'on te dit !

Je me soumets. Et je continue à enregistrer. Mais plus de dialogues sur ma bande-son. Quand ma mère, quelques mois plus tard, est à nouveau enceinte, je m'en aperçois tout de suite et ne pose aucune question. Je sais déjà que le scénario sera identique, interdiction de clinique et retour à la maison avec le bébé sans m'adresser un mot.

Quelques jours après cette seconde naissance, petite variante. À mon retour de l'école, mon lit a disparu. À la place, un canapé. Cette fois-ci, je vocifère : « Où est mon lit ? » puis je fonce dans la chambre de ma mère – elle est occupée à changer l'un des deux bébés.

Mais la Sœur Modèle s'est déjà mise en embuscade, elle me barre le passage et, comme à la naissance du petit frère, prend les choses en main.

Avec beaucoup de maîtrise, je dois dire : elle a fait de gros progrès. Ce canapé peut se transformer en lit, annonce-t-elle, impériale. Dorénavant, c'est là que je dormirai. Elle aussi, d'ailleurs, y dormira, tout le monde à la même enseigne, plus assez de place dans le deux-pièces. On dépliera le canapé le soir, on le repliera le matin. Et ce sera pareil jusqu'à ce qu'on déménage et qu'on ait chacune sa chambre.

Parce qu'on va déménager ? Enfin, ça tombe sous le sens ! Sept personnes dont deux bébés dans trente-cinq mètres carrés, c'est intenable ! Un lotissement va se construire à la périphérie de la ville, notre père a décidé d'y acheter une maison sur plan. Bien entendu, pour y arriver, il faudra emprunter et se serrer la ceinture, même si on recevra des aides grâce aux bébés.

Des aides grâce aux bébés ? Qu'est-ce qu'ils ont à voir là-dedans, les bébés ?

« Évidemment qu'ils ont à voir, t'es cruche ou quoi ? Quand on a cinq enfants, on a des réductions sur tout ! Et des prêts en veux-tu en voilà, ça s'appelle le progrès social ! »

Le progrès social, ah bon. Elle en sait, des choses. Et dire que tout ça m'est passé au-dessus de la tête tellement je suis prise entre mon école, mes devoirs, mes copines et mes razzias à la bibliothèque municipale – je viens de dévorer la collection entière du *Club des Cinq* et j'entame mon premier Sherlock Holmes. Mais dont acte, comme pour les naissances et les enterrements.

Un an plus tard, nous n'avons toujours pas déménagé. La Sœur Modèle m'aurait raconté des craques ? Ou est-ce qu'on s'apprête à rejouer l'histoire de la maison qui n'existe pas ?

Si c'est ça, c'est une honte terrible. Pas question d'en parler à mon père.

Je tergiverse un moment. Puis je m'enhardis, j'en touche un mot à ma mère. Oui, ça ressemble à l'histoire de la première maison, me lâche-t-elle aussitôt. L'entrepreneur qui était en charge du lotissement a fait faillite. Ça devrait s'arranger, la mairie s'en est mêlée. Mais, pour l'instant, les travaux n'ont pas pu débuter.

Elle m'apprend ça, pour une fois, comme l'auraient fait mes mères de papier, gentiment, tristement. Il faudrait que je la console. Parce qu'elle se démène, je le vois bien, pour que la maison marche ; et même si elle est dure, elle ne me laisse pas tomber. À chaque rentrée, scrupuleusement, elle me coud, ainsi qu'à mes sœurs, des vêtements neufs, achète mes livres de classe, les couvre elle-même ; et puisque l'été, à cause des bébés, on ne peut plus aller à la plage, elle m'a inscrite au centre aéré. Deux mois à m'enivrer de mer, de soleil, de jeux et du rêve de nager un jour jusqu'à mon île ; elle me les a peut-être offerts pour que je ne sois plus dans ses pattes, comme elle dit. Mais je ne me suis jamais sentie aussi libre.

Il faudrait vraiment que je la console. Pas moyen. Maintenant, dès que je l'approche, ma langue se gèle. Le matin, quand je me lève, je suis même incapable d'un baiser, je dois me forcer. Alors lui parler.

32

Mes sœurs, elles, ces mots, ces gestes, elles les trouvent. La Sœur Souveraine, des deux, est la plus douée. Elle est revenue de pension avec un électrophone et des disques qu'elle a achetés avec son argent de poche. Et elle les a laissés à la maison, à disposition de la famille.

Ma mère n'y touche pas ; c'est la Sœur Modèle qui se charge de « faire tourner les disques ». Ou à ses retours de pension, la Sœur Souveraine.

Dès qu'elle entend la musique envahir le deux-pièces et notre bout de cour, elle est transfigurée. De fierté, j'ai l'impression, comme au moment où on lui dit que ses filles sont des lumières. La musique, il faut dire, porte un nom ultra-chic : « du classique ». Je n'en ai jamais entendu que chez Anne, dont les parents, selon ma mère, ne sont pas de notre monde – « Ils ont du bien », dit-elle. N'empêche, comme mes sœurs, elle connaît les usages ; elle sait qu'on doit prendre le même air grave qu'à la messe lorsqu'on prononce les noms de ceux qui ont composé ces musiques – des Allemands, d'après elle, Mozart, Bach, Beethoven, ce qui me change la vie, à moi aussi ; j'ai cru jusqu'à maintenant que les Allemands n'étaient capables que de construire des blockhaus et massacrer les gens.

Certains jours, la messe dure des heures. Mes sœurs font tourner les disques en boucle. Puis elles en ont assez, elles racontent à ma mère la vie de ces Mozart, Bach, Beethoven ; et, d'autres, celle des écrivains ou des peintres dont on leur a parlé à l'école.

C'est la nouvelle table des histoires. Seulement, je n'y connais rien, à la vie de ces nouveaux venus dans la famille. Impossible d'y mettre mon grain de sel.

*

Un soir, un écrivain a semé la désolation dans la cuisine. Par sa prof de français, la Sœur Modèle venait d'apprendre qu'il s'était tué en voiture. Elle était si accablée qu'elle en a parlé à ma mère jusqu'à minuit, à croire que c'était un de nos morts. J'ai attrapé son nom au vol et cherché sur l'étagère de la Sœur Souveraine si, par hasard, elle n'avait pas un livre de lui.

J'en ai trouvé un. Mais à la seule vue du personnage qui figurait sur la couverture – un genre de Fantômas vu de dos qui s'apprêtait à bondir sur une ville aussi blanche qu'il était noir –, j'ai replacé le livre sur l'étagère, à l'envers, pour éviter d'être à nouveau confrontée au monstre. J'ai tout de même retenu le nom du livre, *La Peste*, et celui de l'auteur, Albert Camus.

D'autres fois, dans la cuisine, ma mère parle cinéma. Une fois par mois, pas loin de chez nous, un cafetier transforme sa salle en ciné-club. La Sœur Modèle et ma mère y ont pris un abonnement. Au moment où elles quittent le deux-pièces, juste après avoir fini la vaisselle, elles affichent une mine aussi solennelle que les après-midi où elles écoutent les disques de musique classique. Le lendemain soir, leur conversation tourne autour du film. Elles sont alors surexcitées et, parfois, pas d'accord du tout.

Un jour où il y avait ciné-club, j'ai demandé à les accompagner. Je ne me rappelle plus qui a pris la parole, de la Sœur Modèle ou de ma mère. Mais je me souviens de la réponse, la même que le jour où j'avais voulu aller voir mon petit frère à la clinique : « T'es trop petite. »

Mon père était là, je me suis tournée vers lui.

– Quand est-ce que je pourrai, alors ?

– On verra ça dans quelque temps. Prends patience.

J'ai pris patience. Et continué à enregistrer.

33

Le moteur qui alimente ma caméra intérieure doit avoir des ratés. D'une minute à l'autre, sans préavis, je me sens très fatiguée. Je réemprunte les ciseaux de ma mère, je remonte au grenier, je pioche un *Petit Écho* dans une pile et je me découpe une nouvelle figurine.

Depuis le temps que je m'y fournis, je manque de mères blondes. Pas grave, les brunes font maintenant l'affaire.

Autre nouveauté : mes mères de papier se réunissent pour discuter. Je les dépose sur le plancher et je les fais parler. C'est un genre de « jus » sans toile cirée ni verres Duralex ni café-chicorée. Je fais toutes les voix.

Mes mères ne cessent de papoter. Celle-ci raconte le bal où elle a dansé la veille, celle-là sa visite au Salon des arts ménagers ; elle s'y est acheté la machine à laver dont ma supposée mère, là, sous le plancher, rêve depuis la naissance des bébés. Une autre explique qu'elle a rencontré son mari en Italie et qu'il l'a invitée à faire du scooter avec lui, comme c'est arrivé à Audrey Hepburn dans *Vacances romaines* – je n'ai pas vu le film, mais j'en ai trouvé des photos et le résumé dans une revue.

Je ne les ai jamais traitées avec un tel soin, mes mères fantômes. Au lieu de les abandonner sur le sommier, je les range maintenant dans une vieille boîte à biscuits Galettes de Pleyben, dont le couvercle représente des Bretons qui sonnent de la bombarde et de la cornemuse devant un grand clocher – je trouve ça très gai comme hébergement. La prochaine fois que je viendrai, elles n'auront pas bougé de leur boîte. Sur ce point, rien ne change : ce que je trafique au grenier, tout le monde s'en fout.

*

Est-ce que je vais bien ? Oui, si j'en juge par mon dossier scolaire – je l'ai retrouvé dans la valise que mon père m'a laissée avant sa mort. D'année en année, mes résultats ne cessent de progresser, ce qui me vaut d'entrer à dix ans au lycée. « Élève très vivante », notent la plupart des professeurs. « Régulière, sérieuse, participe bien. » Je brille à peu près en tout, sauf en gym, où mes notes sont médiocres ; et en couture : là, je suis carrément nulle.

À la fin de ma cinquième, sans m'en avertir, ma prof de français écrit à mes parents. Elle veut les convaincre de m'inscrire en filière d'excellence, celle qu'on nomme « latin-grec ». Sa lettre est très solennelle : « Vous vous devez de lui donner les meilleures chances. »

Mon père accepte sans discuter. Ma mère aussi. Elle semble extrêmement flattée.

Quelques jours plus tard, elle se rembrunit. Elle me fuit ; et lorsqu'elle a quelque chose à me dire, elle évite de prononcer mon prénom. Ou elle me jette : « Toi, là, le garçon manqué ! » Garçon ? Y a-t-il un rapport avec mon inscription en section d'excellence ? Je pourrais en parler à mon père – elle ne l'emploie jamais devant lui, son « garçon manqué ». Je n'y arrive pas.

Puis un après-midi, elle nous surprend, lui et moi, à jouer au ballon avec mon petit frère. Aussitôt, le mot lui échappe :

– Allez, tu viens par ici, toi, le garçon manqué !

Je vois rouge. Et j'éclate, avec les mots de mes douze ans :

– Je suis pas un garçon manqué ! Je monte pas aux arbres !

J'ai hurlé. Je ne me connaissais pas autant de force dans les poumons. À l'autre bout de la cour, la femme du Voisin Gris jaillit de sa cuisine puis Maman Ec passe la tête à sa fenêtre.

Mon père, lui, se fige, et pose sur ma mère un regard si glacial qu'elle s'empourpre, s'empare de son fils avant de disparaître avec lui dans la maison.

De la suite, je n'ai rien su, et ce n'est pas faute d'avoir tendu l'oreille. Tout ce que j'ai noté, c'est que ma mère n'a plus prononcé les mots « garçon manqué ». L'expression a complètement disparu de son lexique.

*

C'est ce jour-là, je pense, à l'instant où je me suis ouvertement dressée contre elle, qu'a commencé à s'écrire en moi le livre interdit.

Et sans doute ce livre-ci. À chaque mot, pourtant, comme en ces temps lointains, je me cogne et me recogne au mur du silence.

Pas seulement celui de mes parents. Le mien, d'abord le mien, ce que j'ai peur de dire.

Puis de phrase en phrase, je les apprivoise, ce silence et cette peur. Je m'aperçois alors que ma caméra intérieure ne fut pas aussi neutre que je l'ai cru. Et qu'il était écrit que j'écrive.

34

C'est qu'il était vivant, le silence de la maison. Tant de choses s'y racontaient.

Je pense ici à une scène qui me revient systématiquement et dans ses plus menus détails quand je cherche à ressusciter ces années-là. Rien d'étonnant : jusqu'à mes quinze ans – l'année de notre déménagement dans la fameuse « maison neuve » où, enfin, j'ai disposé d'une chambre à moi –, elle s'est produite des dizaines de fois.

Cinq heures et demie du matin, mon père se lève et, pour gagner la cuisine, traverse la chambre des filles.

Il se déplace à pas de chat : toute la maison est endormie.

Sauf moi. Il ne le sait pas mais, alertée par je ne sais quel signe, je me suis réveillée en même temps que lui.

Je ne bouge pas de mon lit. Je l'écoute. À un moment ou à un autre, prévenue cette fois par un bruit minuscule, je comprendrai qu'il en a fini de la petite cérémonie secrète qu'il déroule chaque matin avant de partir pour le travail.

Il ne sait pas que je sais. C'est ma mère qui a vendu la mèche à la Sœur Modèle. Laquelle m'a immédiatement tout répété, avec l'œil qu'elle avait souvent lorsqu'elle parlait de lui, le même que celui de notre mère, mesquin, narquois.

Au tout début de son rituel, m'a-t-elle révélé, il avale une cuillerée de miel. Ensuite il s'impose, à même le ciment de la cuisine, dix minutes de gym. Puis, dans le réduit encastré au pied de l'escalier qui monte au grenier, rasage et toilette. Après quoi, retour à la cuisine, café au lait en solitaire, inspection du jardin et, pour finir, dans la cabane où il range ses outils, écritures dans un petit carnet secret.

Dès que ma sœur a évoqué ce calepin, j'ai sursauté.

– Qu'est-ce qu'il peut bien écrire ?

À son habitude, elle savait tout.

– Ses histoires de jardin. Ce qu'il plante, ce qu'il déplante, la composition de ses engrais, quel jour il est allé ramasser de la terre de bruyère dans les bois, quelles algues il a rapportées de la côte, ça aussi, c'est pour l'engrais. Et la lune, premier quartier, deuxième quartier, pleine lune, etc., le temps qu'il fait…

– Seulement ça ?

– Oui.

– Alors c'est pas un carnet secret.

– Si.

– Ça peut pas être secret si maman sait ce qu'il y a dedans.

– Elle a lu son calepin, mais une seule fois. Papa s'en est aperçu, il l'a changé de place. Et ensuite, elle n'a plus su où il le cache.

– Elle l'espionne ?

Là, je n'ai pas eu de réponse.

*

Dès que mon père a quitté la cuisine pour inspecter le jardin et tenir son carnet secret, je me lève.

Je l'imite en tout. Je marche à pas de chat, surtout quand je traverse la chambre où dorment ma mère et les petits derniers ; et une fois débarbouillée dans le réduit qu'il a aménagé au pied de l'escalier, je retourne comme lui à la cuisine, où je me prépare mon petit déjeuner, que je prends toute seule, moi aussi.

C'est là qu'il me trouve avant de s'en aller au travail. Avant son départ, il vient toujours m'embrasser.

Rien qu'un bonjour et un baiser. Qu'importe, ce sera assez pour que je prenne le matin qui vient pour le premier de l'histoire du monde, tout à apprendre, tout à construire. Je vais me battre. Il l'a fait lui aussi du temps qu'il était petit et qu'on voyait en lui un moins que rien. Je vais lui rapporter à la fin du mois, comme lui sa paye, ric-rac, le bulletin de notes qu'il espère.

Il l'accueillera du même bout de phrase que les précédents : « Bien, continue. » Tel son bonjour du matin, ces deux mots me suffiront largement. Par Maman Ec qui sait tout, je sais qu'il a un rêve pour moi. Et elle m'a dit lequel : « Il veut que tu montes jusqu'à prof. »

Maintenant, ce n'est plus dix minutes avant l'ouverture des grilles que j'arrive au lycée, mais vingt, qu'il pleuve ou qu'il vente. Et quelquefois une demi-heure. Plus, même, c'est arrivé, trois quarts d'heure, pareille aux filles qui arrivent par bateau de l'île de Groix.

*

Je partais juste après que mon père avait enfourché son vélo. Toute la famille le savait. Et, comme pour le grenier, personne ne relevait.

Au lycée non plus, personne ne remarquait rien. Il n'y avait pas de raison. Quantité d'élèves arrivaient par autocar, depuis des communes souvent très éloignées. On n'avait pas jugé utile de synchroniser leurs horaires avec ceux du lycée ; à mon arrivée, il y avait toujours quatre ou cinq filles à attendre l'ouverture des grilles.

Et j'aurais répondu quoi, si on m'avait questionnée ? Sur ce point-là aussi, j'imitais mon père. On ne montre rien, on ne dit rien, on avance et, si possible, on sourit.

Pourtant, avec ce qui s'était passé l'année d'avant, il n'y avait franchement pas de quoi sourire.

35

C'était arrivé un jeudi. À des années de distance, je peux toujours inscrire le time code sous la séquence. Année, celle de mes douze ans. Mois, début avril. Il fait grand soleil, et même un peu chaud.

Pour l'horaire, je dirais treize heures. Le déjeuner est fini, ma mère lave la vaisselle et la Sœur Modèle l'essuie. Depuis quelques semaines, l'usage veut que nous nous partagions la tâche. Ce jour-là, ma mère m'en dispense : « Pas la peine. »

Ça me surprend. Mais trop contente de couper à la corvée, je file. Tout au fond du jardin, là où se trouve le puits.

Pas d'école aujourd'hui, j'ai fini mes devoirs, qu'est-ce que je vais faire de mon après-midi ? Aller chez Anne ?

Oui, on pourrait s'offrir des glaces chez Mme Lévenez, la pâtissière à qui j'ai naguère facturé des robes imaginaires. J'ai largement de quoi, je livre tous les jours son journal au nouveau voisin, un vieux, encore, à moitié grabataire mais, lui, pas du tout agressif. Il me laisse chaque fois un pourboire et, du coup, je suis maintenant à la tête d'une assez belle cagnotte.

Oui, c'est ça, avec Anne, on va se payer des glaces. Si je veux la trouver chez elle, il faut que je parte tout de suite. Avant, toutefois, je dois monter au grenier et prélever des pièces dans la boîte où j'entrepose mon trésor de guerre, la même, Galettes de Pleyben, où j'enfermais – comme ça me paraît loin, maintenant – mes mères de papier. À mon entrée au lycée, je les ai jetées.

Je remonte l'allée qui mène à la maison. Ça sent vraiment le printemps, ma mère a tout ouvert, les fenêtres, les portes. D'ici, je l'entends. Elle a sa voix d'histoires, celle qui vient du ventre et ne se laisse jamais interrompre. Elle a dû encore se lancer dans un récit.

Puis j'entends mon prénom : « Ta sœur Irène… »

*

Je me suis approchée de la porte à pas de chat, comme à l'aube, au moment où je traverse la maison endormie. Et c'est encore en chat qu'à un demi-mètre de la porte je l'ai suspendu, ce pas, pour entendre la suite : « Celle-là, de toute façon, elle sert à rien dans la maison, je sais pas ce qu'on va en faire avec son visage ingrat et sa tête en lame de couteau, on n'arrivera même pas à la marier… »

Dans la seconde, j'ai fait demi-tour, redescendu l'allée, en courant je crois bien, et regagné le puits. Je me suis penchée, ça, j'en suis sûre, pour sonder le reflet de l'eau qui clapotait entre les feuilles de scolopendres agrippées à ses parois. Et avouons-le : j'ai eu envie de m'y noyer. Mais c'est parti comme c'était venu.

La suite est impossible à mettre en mots. Je ne l'ai pas oubliée, je ne l'ai pas occultée, au contraire, elle reste d'une précision extrême. C'est tout simplement qu'on n'analyse rien, dans des moments pareils. On reste conscient, oui, la pensée est là, mais sous une forme inusitée, celle d'un bloc compact. D'une seconde à l'autre, on *sait* quelque chose ; et ce quelque chose qu'on sait diffuse une telle violence qu'avec lui on se retrouve dans une sorte d'au-delà de la parole. Cette subite irradiation de la vérité, seuls les Romains, il me semble, l'ont évoquée, *infandum*, disaient-ils, impossible à proférer, tant la honte s'y mêle à l'effroi.

Honte, en effet, car le ciment de cet indicible « quelque chose » est le sentiment d'une faute qui, pour le coup, peut se traduire en mots : « Bon Dieu, qu'est-ce qui m'a pris de m'approcher de cette porte ? »

36

J'ai longtemps buté sur le récit de cet épisode. Pendant quelques semaines, j'ai pensé lui donner la forme d'une série de questions sans queue ni tête que je me serais formulées au bord du puits : « Comment ma sœur et ma mère en sont-elles arrivées à parler de moi ? Elles avaient commencé avant le déjeuner ? Et qui a commencé ? La Sœur Modèle ? Mais qu'est-ce que c'est que cette histoire de tête en lame de couteau ? Je suis si moche que ça ? »

Oui, ces questions, je me les suis posées. Et en ces termes. Mais plus tard, quand, remontée à la maison, je suis allée me regarder dans la glace du cabinet de toilette.

Sur le moment, près du puits, j'en ai été incapable. L'irradiation du « quelque chose » m'avait comme vitrifiée. Puis – assez vite, je crois – je me suis entendue dire : « Je vais pleurer », et je n'ai pas pleuré.

Je me revois alors abandonner la margelle du puits tandis que mes pensées reprennent la forme que je leur ai toujours connue, celle d'une chaîne.

Je me souviens parfaitement du premier fragment de cette chaîne : « Je vais partir d'ici. »

Je ne suis pas partie, bien sûr, je n'ai pas fugué. J'ai simplement remonté l'allée qui menait à la maison.

Ma mère parlait toujours. Cette fois je n'ai pas voulu l'entendre. La porte de sa chambre était grande ouverte, je m'y suis engouffrée. Les petits derniers faisaient la sieste, ils étaient profondément endormis ; c'est en toute tranquillité que, pour voir en quoi je ressemblais à une lame de couteau, j'ai gagné le cabinet de toilette.

Au-dessus d'une cuvette en émail était suspendue une glace à trois faces, j'ai pu examiner mon visage sous toutes les coutures. Ingrat, peut-être. Mais en lame de couteau, non, je ne voyais pas. Ou l'expression signifiait autre chose. Une seule personne pouvait m'éclairer : Anne.

Je suis montée au grenier, où j'ai pris quelques pièces dans ma cagnotte. J'ai ensuite dégringolé l'escalier et déboulé dans la cuisine. La vaisselle était finie, la Sœur Modèle était maintenant occupée à balayer ; et ma mère, qui ne parlait plus, briquait une bassine.

J'ai évité leur regard, je me suis bornée à traverser la pièce en laissant tomber : « Je vais voir Anne. »

Ma mère, lorsqu'elle m'a répondu, n'avait plus sa voix d'histoires. Rien ne s'était passé, on aurait dit, c'est sur son mode ordinaire, neutre et indifférent, qu'elle a laissé tomber la formule qu'elle me servait en pareil cas : « Arrange-toi pour être rentrée avant ton père. »

Cinq minutes plus tard, je sonnais chez Anne. Sa mère m'a ouvert. Elle a paru surprise : « Tu en fais une tête, qu'est-ce qui t'arrive ? Et tu es tout essoufflée ! »

Alors seulement j'ai eu mal.

Je ne sais plus ce que je lui ai répondu, sans doute quelque chose comme : « Non, ça va, j'ai juste couru. » Elle m'a certainement crue : quand je lui ai demandé si sa fille et moi pouvions aller manger des glaces chez Mme Lévenez, elle a tout de suite accepté.

Je n'ai pas radiné et Anne non plus, nous nous sommes offert un triple cornet vanille-fraise-chocolat. Moyennant quoi, il fallait que je lui parle de mon affaire. Mais plus la glace fondait, moins je voyais comment la lui présenter. J'étais sûre que si je lui demandais de but en blanc : « Est-ce que tu trouves que j'ai une tête en lame de couteau ? », elle me demanderait aussitôt : « Qui t'a dit ça ? » Je serais obligée de lui parler de ma mère et de ce que j'avais entendu derrière la porte. Et ça, c'était impossible.

Malgré tout, je voulais en avoir le cœur net. À chaque coup de langue, je me jurais : « Bon, ça y est, cette fois, j'y vais », et je n'y allais pas. Si bien que je suis arrivée sans avoir rien dit à la merveilleuse pointe du cornet où, de la glace, il ne reste plus qu'une minuscule lichée de crème logée dans la gaufrette. Il était temps que je me décide.

Je n'ai pas pu. Impossible de trahir sa mère même quand elle vous trahit.

Je me vois maintenant retrouver la maison. Je suis bien à l'heure, mon père n'est pas encore rentré du travail ; et, comme tous les jours, j'ai pensé à acheter le journal du voisin.

Je viens de le lui livrer. J'ai empoché le pourboire et, tout de suite, filé à ma chambre ; demain, au lycée, j'ai un contrôle, il est temps que je révise mes leçons.

Une petite fille bien sage. De celles dont on dit qu'elles ne font jamais d'histoires. Alors que dans ma tête, il n'y a que ça, des histoires. De cette maison, déjà, une part de moi s'est enfuie.

*

Pendant des années, je suis restée dans le même état que cet après-midi-là, incapable de raconter cette séquence à qui que ce soit. Puis avec le temps, pareille à la croûte d'une blessure, cette « scène de la porte », ainsi que je la nommais secrètement, s'est soudain détachée de moi. Il n'en est resté qu'une cicatrice un peu sensible, qui a fini par s'effacer.

C'est qu'à présent je connais le pot aux roses. En tout cas l'essentiel, ce qui s'est passé avant et après ma naissance. J'ai pu mettre un nom sur le mal dont a souffert ma mère, ce qui m'a permis de mieux la déchiffrer, à défaut de toujours la comprendre.

Et, curieusement, mon point de vue a changé. Quand je la réentends dévider sa phrase : « Celle-là, de toute façon, elle sert à rien dans la maison… », elle me fait l'effet, désormais, d'une femme qui monologue. Et la Sœur Modèle, à côté d'elle, ressemble à un objet, une sorte de magnétophone exclusivement destiné à recueillir ce que sa génitrice n'a pas le droit de dire depuis le jour où on l'a prise en flagrant délit de « mauvaise mère » : qu'elle a eu un enfant dont elle ne voulait pas, qu'on l'a obligée à l'aimer, et que ça n'est pas possible, une chose pareille, vous obliger à aimer un enfant que vous n'aimez pas. Vous ne l'aimerez jamais, pour la bonne raison que plus on vous oblige à l'aimer, plus vous avez envie de vous débarrasser de lui, de le rayer de la carte de la famille, et peut-être même de le rayer de la carte tout court, de le tuer, pour dire les choses comme elles sont. Et puisque c'est très mal, ça aussi, d'avoir furieusement envie de trucider son enfant, et rigoureusement puni, par-dessus le marché, on s'y prend avec des mots, des mots meurtriers, qu'on balance comme ça, dans l'air, quand on n'en peut plus, pour éviter justement qu'on n'en arrive au vrai meurtre, le meurtre sanglant – il faut bien que ça sorte, non ? d'une façon ou d'une autre.

Pour la Sœur Modèle, la muette de la scène, c'est la même chose, je ne la vois plus du tout comme je l'ai vue pendant des années, la complice d'une effroyable trahison. Moi, au moins, dans le soliloque maternel, j'existe. Mais elle ? Qu'est-ce qu'elle va devenir si elle refuse son statut de magnétophone-défouloir, si elle s'affirme, se rebelle, refuse le rôle qu'elle s'est vu assigner toute petite : bras armé des rancœurs de sa mère ?

Pas davantage que moi, elle n'a pu la trahir. Et elle, aucun moyen de se dire : « Je vais partir d'ici. » Comment l'aurait-elle pu ? Des années qu'elle avait été réduite à l'état de servile petite machine.

On doit donc, dans cette scène, redistribuer les rôles. La victime, c'est elle, pas moi. Quelque temps avant la mort de notre mère, d'ailleurs, un jour où, très fugitivement, elle m'a reconnu le droit d'écrire, elle m'a soudain lâché : « Toi, tu as toujours été libre. »

37

Ultime séquence de mon enregistrement. Sous les images, le time code est encore plus précis. Et pour le garder en mémoire, pas besoin d'avoir une pendule dans le ventre comme le crocodile de *Peter Pan*, 22 novembre, l'année de mes treize ans, entre dix-neuf heures trente et vingt et une heures – ce soir-là, tous ceux qui l'ont vécu s'en souviennent.

*

Novembre, en breton, se dit *miz du*, « mois noir ». Dehors, par conséquent, il fait noir. Et d'autant plus noir que la nuit est tombée depuis une heure et plus.

Dans la cuisine, l'éclairage n'est pas formidable, une seule lampe, et ça n'est pas maintenant qu'on va y changer quelque chose. Aux dernières nouvelles, la maison neuve ne va pas tarder à sortir de terre. Tout s'est arrangé, ma mère, cette fois, n'a rien inventé. Dans un an, nous aurons déménagé, un an et demi à tout casser.

La pièce sent le bouillon de légumes. Il a dû cuire longtemps, les vitres de la porte – celle-là même qui était ouverte quand j'ai entendu ma mère dire que je ne servais à rien dans la maison – sont entièrement couvertes de buée.

Le repas est fini, ma mère entame sa vaisselle et mon père, rituellement, met la radio en marche. Je ne sais pas où sont mes sœurs. Sorties, peut-être. C'est ma mère, en tout cas, qui, la première, sursaute. « Qu'est-ce qui se passe dehors ? »

Je tends l'oreille. Elle a raison, il se passe quelque chose. On entend une course éperdue, des pleurs, des hurlements.

Mon père se lève, va pour déverrouiller la porte. Elle bondit sur lui, le retient par le bras. « Regarde d'abord ! »

Il ne comprend pas. Excédée, elle se jette sur la vitre et, du plat de la main, forme dans la buée un grand cercle limpide. Un visage dégouttant de filets de sang s'y dessine, celui d'une des filles du Voisin Gris.

Elle ouvre la porte. De la nuit surgissent aussitôt deux autres têtes, celles de Soisik et d'une autre de ses sœurs. Elles sont aussi blessées.

Quelques minutes plus tard, l'odeur de l'éther a absorbé celle du bouillon de légumes. Ma mère, à grand renfort d'ouate, tamponne le crâne d'une des gamines, tandis que Soisik annonce :

– Mon père est soûl, il nous a tabassées avec des bouteilles.

C'est une vraie mère, ce soir, ma mère, et je suis très fière d'elle. Avec une infinie précaution, elle s'assure que des éclats de verre ne se sont pas logés dans le cuir chevelu de la petite et, une fois qu'elle en a fini, lui caresse la joue.

– Allez, c'est pas grand-chose. Ça va passer, demain on n'en parlera plus…

La radio marche toujours.

– Maman est partie, elle a eu trop peur, lâche Soisik.

Cette fois, c'est mon père qui dresse l'oreille. Pas du côté de la porte. Il pointe la radio.

– Taisez-vous ! Kennedy ! On a tué Kennedy ! Ils lui ont pété la cervelle !

Puis la radio, dans le silence de la cuisine, se met à déverser un long chapelet de phrases survoltées, jusqu'à ce que ma mère, la première, se ressaisisse et me pointe du doigt.

– Allez, toi ! Tu emmènes les petites à côté, sur le canapé, et tu leur racontes quelque chose !

Je ne comprends pas. Pourquoi moi ? Et qu'est-ce que je dois faire au juste ?

Je n'ai pas le temps de le lui demander, elle se remet à me houspiller :

– Allez, qu'est-ce que tu attends ? Tu fais ce que je te dis, tu prends un livre, tu te débrouilles !

Je me suis exécutée. J'ai emmené les trois filles dans la chambre, je les ai assises sur le canapé et je me suis débrouillée. De l'armoire que je partageais avec la Sœur Modèle, j'ai extrait mes livres préférés, des cadeaux, tous les deux, de la Sœur Souveraine, *Alice au pays des merveilles* dans la collection « Rouge et Or », et *L'Odyssée* en édition illustrée.

*

J'ai commencé par *Alice.* Je l'adorais, celui-là, je l'avais lu je ne sais combien de fois. Et je m'étais tellement reconnue dans son héroïne que j'avais fini par penser que, pour m'avoir offert ce livre, la Sœur

Souveraine, qui me semblait pourtant si lointaine, me connaissait sacrément bien.

Ce qui me plaisait, en Alice, c'est la façon dont elle prenait l'incohérence du pays des merveilles : avec réflexion, sang-froid. Oui, évidemment, de temps à autre, elle se laissait abattre, au point qu'à un moment elle pleurait tellement qu'elle formait un lac de ses larmes. Mais elle se reprenait, et de quelle façon : elle traversait le lac à la nage, et ensuite, à force de rencontrer toutes sortes de créatures complètement loufoques, elle arrivait à s'en accommoder, elle se disait – et je trouvais ça fantastique – que sa vie d'avant, de petite fille sage, n'avait pas grand intérêt.

Alice, en somme, c'était ma sœur de papier, comme j'avais eu des mères de papier. Je nous trouvais quantité de points communs. Les cheveux raides – sur les images, elle avait des boucles, mais j'avais bien lu, elle avait des cheveux raides et ça la déprimait aussi. Nous avions pris le même pli de parler toutes seules ; et Alice, de la même façon que moi, se dédoublait quand elle se mettait à rêvasser. J'avais également remarqué qu'elle avait une amie, Mabel, qui, pareille à Soisik, vivait dans un taudis.

Malheureusement, au moment où j'ai lu la première page de mon *Alice* aux gamines rescapées du tabassage de leur père, elles n'ont pas du tout accroché. Elles se barbaient. Je n'ai pas insisté, je suis passée à *L'Odyssée*. Et là, ça a marché.

J'avais changé de méthode. Au lieu de lire le livre à haute voix, je pointais les illustrations et je résumais les événements.

Telles les aventures d'Alice, je connaissais par cœur les pérégrinations d'Ulysse. Soisik avait dû en entendre parler en sixième. Elle ne s'en souvenait plus, elle m'écoutait bouche bée et ses sœurs aussi.

Maintenant que je me remets à feuilleter ce livre, je me dis que ses illustrations y furent pour beaucoup. Le dessinateur, au lieu de la classique Méditerranée grecque, avait brossé un océan tourmenté, venteux et sombre, pareil à notre mer bretonne en cette période de l'année. Les petites voisines s'y sont crues. Et moi aussi, du coup. J'ai pris la barre du vaisseau d'Ulysse ; elles furent mes marins.

On a commencé notre périple là où le livre le faisait débuter, chez les Mangeurs de Lotus, puis on a fait escale chez le Cyclope, qu'on a bien feinté, et ensuite on est allées voir Éole, qu'on a réussi à mettre dans notre poche en moins de deux.

À ce moment-là, j'ai sauté des pages. J'étais pressée d'aborder la plage où la princesse Nausicaa descend avec son ballot de linge sale. Les trois filles ont continué d'accrocher à l'histoire et on s'est retrouvées avec Ulysse, toutes nues nous aussi dans l'aurore aux doigts de rose, à épier, bien cachées derrière un arbre, la petite Nausicaa qui venait laver son linge au ruisseau voisin.

Qu'est-ce que c'était bien, je trouvais. Mille fois mieux que mon Monde des Boutons et les jacasseries de mes mères de papier. Je n'étais plus seule avec mes histoires. Et j'avais l'impression, pour une fois, de servir à quelque chose dans cette maison. Je repoussais la nuit, là, tout autour des murs, ce noir qui tout à l'heure avait senti le sang. Le leur, aux petites, et celui de l'autre, là, Kennedy, en Amérique, dont la cervelle avait pété.

Nous ne sommes pas allées plus loin que la plage de Nausicaa. Quelqu'un est venu frapper à la porte. Un ami des parents de Soisik, ou quelqu'un de sa famille, je n'ai jamais su. Il a emmené les trois gamines.

Le lendemain, comme toujours avec le Voisin Gris, tout s'est arrangé. Et s'il n'y avait pas eu Kennedy, ce soir-là, avec sa tête explosée, on aurait peut-être oublié ce qui s'était passé dans la maison d'à côté.

38

Un mois plus tard, au grenier, j'ai écrit une nouvelle. Elle se passait en Amérique, à New York.

Rien à voir avec Kennedy. C'était une lettre fictive, rédigée par un homme. Il écrivait à sa fiancée, qu'il appelait « My angel », pour lui raconter comment il s'était retrouvé bloqué dans l'ascenseur d'un gratte-ciel.

Pourquoi un homme, pourquoi New York, pourquoi un ascenseur, aucune idée.

J'ai montré cette nouvelle à Anne. Elle lui a plu, elle a voulu la donner à lire à sa sœur aînée. J'ai accepté, je la lui ai laissée.

Quelques jours plus tard, comme je sonnais chez elle, c'est cette sœur qui m'a ouvert. Elle m'a aussitôt sauté au cou. « Qu'est-ce que c'est bien, ce que tu as écrit ! »

La sœur d'Anne avait vingt ans. J'ai piqué un fard, tant j'étais fière.

Puis Anne, à la fin de l'après-midi, m'a rendu ma nouvelle et je suis rentrée chez moi. Mais, juste avant de m'engager dans la venelle, je me suis souvenue du carnet secret de mon père et des fouilles de ma mère dans sa cabane à outils. Aussitôt, j'ai été prise de panique. « Moi aussi, il faut que je planque ce que j'ai écrit. »

Je n'ai vu qu'une cache possible : le grenier. J'y suis montée et j'ai camouflé ma nouvelle. Tellement bien que, deux ou trois jours après, quand j'ai voulu la relire, je n'ai plus su où elle était.

C'est maintenant que je regrette de l'avoir égarée. J'aurais plaisir à retrouver cette jeune adolescente que j'ai complètement perdue de vue.

*

Sur le moment, quand j'ai compris que je ne retrouverais jamais ma nouvelle, je n'ai rien éprouvé de particulier. Et je suis vite passée à autre chose : je me suis mise à écrire des lettres. Bien réelles, cette fois, sur du vrai papier à lettres, avec de vraies enveloppes, de vrais timbres, que j'ai financés de la même façon que mes glaces, grâce aux pourboires du voisin.

J'écrivais à mes amies. Pas pendant la période scolaire, ça n'aurait eu aucun sens. J'attendais, pour m'y mettre, le premier jour des vacances. Et j'arrêtais le dernier.

Elles me répondaient – moins souvent que je ne leur écrivais. C'était ma mère, à midi, la fameuse heure du facteur, qui me tendait leurs lettres, sans un mot, le nez pincé.

Elle les a peut-être lues, je ne les ai jamais cachées, pas davantage que je ne lui ai dissimulé mes activités épistolaires. J'écrivais à la vue de tous, près du canapé clic-clac, sur la table de notre chambre-salle à manger. Ensuite, tout aussi ouvertement, j'annonçais à ma mère que j'allais poster ma lettre, et c'est ainsi que mon petit monde secret, là, sous son nez, lui échappait.

Contrairement à ma nouvelle, je n'ai aucun souvenir de ce que j'ai pu écrire à mes amies. Je ne sais pas non plus si je préméditais mes écrits, où je trouvais mon inspiration.

C'est le point qui m'intrigue le plus. Il ne se passait strictement rien dans ma vie, en dehors des livres que j'avais lus ; et, fidèle à l'interdit tribal, je ne lâchais pas un seul mot sur ma famille.

Cependant mes lettres faisaient leur petit effet. Un jour, une amie m'a confié qu'elle en avait montré une à sa mère, qui la lui avait rendue avec ce commentaire : « Ton amie, elle finira en écrivant. »

Sa phrase m'a paru énigmatique. « Finir », qu'est-ce que ça voulait dire ? Trouver sa voie ? Mais écrire n'était pas ma voie, j'étais plus que jamais résolue à accomplir le vœu de mon père, « monter jusqu'à prof ». Ces lettres, selon moi, n'étaient qu'une façon de m'évader. Alors qu'écrire, pour s'y risquer, il aurait fallu naître ailleurs.

J'ai mis quatre ans avant de quitter ma famille. Et treize pour m'aventurer à tracer les premières lignes d'un roman.

39

Le jour où le notaire a procédé à l'inventaire de la maison de mes parents, comme je pensais que nous en avions fini, lui et moi, il m'a prise à part.

– À propos, je ne vous ai pas dit. Le carton de livres, là, que vous avez vu sur un lit, au rez-de-chaussée…

Il avait l'air embarrassé. Je l'ai laissé poursuivre :

– Je ne l'ai pas noté sur l'inventaire. Il vous est attribué hors succession.

Je n'ai pas compris.

– Pourquoi ? Et par qui ?

– On vous les rend.

– On me les rend ? Qui « on » ?

– Ça, je l'ignore. Tout ce que je sais, c'est que ce sont des livres de vous. Ceux que vous avez dédicacés à vos parents.

– Qui a décidé ça ? Mon père, ma mère ?

Le notaire, cette fois, s'est agacé :

– Vous savez bien qu'ils n'ont pas fait de testament.

– Alors qui ?

– Quelqu'un de votre famille. « Retour à l'envoyeur », m'a-t-on dit. Je n'en sais pas plus.

Il semblait maintenant inquiet. Je voyais pourquoi : il s'attendait à ce que je lui réclame l'identité du « on ». Je n'en avais pas la moindre intention. Avec l'expression « retour à l'envoyeur » j'avais reconnu le lexique de celle de mes sœurs qui avait caressé le rêve de faire interdire mon livre.

J'ai choisi de plaisanter :

– « Envoyeur », ce n'est pas mal trouvé. C'est en adressant des lettres à des amies que j'ai pris goût à l'écriture.

Ma réponse a soulagé le notaire, qui s'est replongé dans ses paperasses.

Il était plus que temps d'en finir. Avec ses incessants allers-retours entre présent et passé, la boîte à boutons, les photos de famille et les interrogations qui allaient avec, l'inventaire m'avait épuisée. J'ai chargé le carton dans ma voiture et, sitôt arrivée chez moi, je l'ai vidé et relégué les livres sur la plus haute étagère de ma bibliothèque sans avoir la force de les rouvrir.

Je n'étais ni furieuse ni blessée, c'était simplement l'écho assourdi du « quelque chose » qui m'avait assommée au bord du puits après la scène de la porte, effroi et honte en même temps. Je n'ai redescendu les livres de là-haut que ce matin.

*

Le « retour à l'envoyeur » avait été méticuleux et exhaustif. J'y découvre l'intégralité des textes que j'ai adressés à mes parents jusqu'à leurs derniers jours, même le plus ancien et le plus obscur, mon mémoire de littérature latine, *Paix et poésie chez Tibulle et Properce*, rédigé l'année de mes vingt ans. Je ne me rappelais pas que je leur avais envoyé la copie au carbone de ce pensum dactylographié. Je doute qu'il les ait passionnés. Mais après tout, pourquoi pas ?

En quête d'une trace de leur lecture, je feuillette un à un les volumes. Ils n'ont pas été rouverts depuis que mes parents les ont lus. Aucune couverture abîmée ; certaines, surcroît de soin, ont été protégées de papier plastique, le même, translucide et souple, dont ma mère recouvrait mes livres scolaires.

C'est sans doute elle qui s'en est chargée. Mais c'est mon père qui s'approprie l'ouvrage. Sur la page de garde, il inscrit fièrement son nom. À l'ancienne, patronyme d'abord, prénom ensuite. Aucune mention du nom de ma mère.

Leur religion du livre n'a souffert aucun écart. Si des marque-pages publicitaires – « Trésor de santé, chicorée Leroux », « Pralinella, bonbons au chocolat praliné », « Achetez l'almanach *Rustica* » – n'avaient été glissés dans les volumes, je pourrais douter qu'ils les aient ouverts. Et pas une page cornée, aucune tache. Pas d'annotations non plus, sauf une fois, dans une préface que j'ai rédigée pour un livre sur ma ville natale.

Trois phrases surlignées à l'aide d'une règle et d'un crayon vert, celles où j'évoque le quai des Indes : « Longtemps, petite fille, j'y ai imaginé l'autre côté des océans. Revenue au port d'attache, j'attends toujours de nouvelles îles, d'autres trésors, encore des eldorados. J'ai envie de partir… » Le trait est si précis que je sais tout de suite celui qui a tenu le crayon : mon père. Pour qu'il se risque, contre tous ses principes, à laisser une trace de sa lecture, il faut que ces mots aient compté. Pourquoi ceux-là ?

Longtemps, je m'y arrête. Et à force de les relire, je crois l'entendre en voix off, me soufflant ce qu'il ne m'a jamais dit : « Je sais pourquoi tu es partie. »

*

Pas davantage que de mon mémoire sur Tibulle et Properce, je ne me souvenais de mes dédicaces. Dès que je les relis, je suis saisie. Jusqu'au livre qui me vaudra l'anathème de ma mère, je leur écris : « Gros bisous », sans plus. Le « À papa et maman » qu'on attend, je n'arrive à le former – ironie de l'histoire – que le jour où je leur adresse le livre interdit.

Ça saute aux yeux : je suis persuadée que ma mère, de la même façon que mon père, va se trouver enchantée de ce livre. Rassurée, réconciliée, avec elle-même comme avec moi. Elle va penser, j'en suis sûre : « Finalement, on a eu des sacrés bons moments, ma troisième et moi, et pour finir, on s'en est sorties. » Avec ce livre, elle sera réparée, mon rêve enfantin va prendre corps, elle va s'aimer, elle va m'aimer.

Aux innocents les mains pleines. Tout au long de ces pages, sans même m'en apercevoir, j'avais dit ce qu'il ne fallait surtout pas dire.

Comment m'y suis-je prise ? Justement, je ne m'y suis pas prise. C'est la vérité qui, toute seule, s'est arrangée pour fuiter de mes pages. Tel le furet de la chanson, passant par ici, repassant par là, primesautière mais têtue, parfois tapie dans le blanc de mon texte, ailleurs à découvert, dans les lignes noires des caractères.

Ici, un bout de paragraphe seulement déchiffrable par qui connaît le fin mot de l'histoire. Ou une simple phrase, un menu détail. Mais ils balancent tout.

Trois lignes sur nos amours, par exemple, à Maman Ec et moi. Ce passage où je décris la façon dont, certains matins, ma mère partait en ville avec la Sœur Modèle en m'enfermant dans le deux-pièces – j'avais trois ans, j'étais encore endormie ; à mon réveil, j'étais prise de panique et je hurlais jusqu'à son retour, parfois pendant des heures. Et vers la fin du livre, les questions que je m'étais si souvent posées au grenier pendant mes années de fouinages et découpages, restituées au mot près : « Mon père, pourquoi sa vie a tourné comme ça ? », « Qu'est-ce que j'ai à voir là-dedans, est-ce qu'il y a eu une autre Irène ? »

Un peu plus loin, encore plus irréfléchie, je parlais d'un rêve de femme qui nous avait habités, lui et moi, le jour de ma naissance. Et j'ajoutais que cet instant-là, qui nous avait unis, nous avait aussi séparés. On ne pouvait pas mieux dire.

Seulement, pourquoi l'ai-je dit ? Et de cette façon-là, qui m'a échappé ?

J'avais sans doute cru à ce qu'on appelle « de l'histoire ancienne ». Du passé vraiment passé, léger, désormais, sans importance, pareil à ces bois flottés qui, à force d'avoir roulé dans les vagues, ne pèsent plus rien dans la main lorsqu'on les ramasse sur la plage.

J'aurais dû le savoir : dans les familles, il est toujours du passé qui ne passe pas. Mais puisqu'il doit absolument passer, la vérité, de très longue date, part en quête d'émissaires et c'est toujours au sein de la tribu qu'elle les trouve. Ceux qu'elle a choisis ne peuvent se dérober à leur mission : chercher et chercher. Jusqu'à ce qu'ils trouvent, en trouvant les mots. Alors ils les disent, ces mots. Ou les écrivent.

C'est tombé sur moi.

40

Ma mère a disparu sept mois avant mon père, par un jour de mai. Je l'ai vue pour la dernière fois dans sa chambre d'hôpital. Le médecin m'avait assuré qu'elle pouvait s'en sortir. Elle était épuisée mais lucide. Je me suis penchée pour l'embrasser. Elle a eu son habituel baiser froid.

Je ne m'en suis pas émue. J'avais cessé de quêter son amour. Depuis la lettre que mon père m'avait adressée au moment de l'affaire du livre interdit, l'enfant en moi s'était tu. Tout m'avait soudain paru plus facile – j'ai eu le curieux sentiment d'être délivrée d'un sortilège.

Mais le passé ne s'était pas évaporé. « Ce qui a été est », dit-on en Inde. J'ai aimé ma mère et cet amour-là, qui fut le premier, ne s'effacera jamais. La renier serait me renier.

J'ai donc pu l'enterrer en paix. À la façon de n'importe quel enfant, en pleurant sur les temps anciens qui n'étaient plus.

*

Je viens de replacer sur leur étagère, tout en haut de ma bibliothèque, hors d'atteinte, comme avant, les volumes du « retour à l'envoyeur ». Depuis la disparition de mes parents, j'ai écrit neuf autres livres. Ils sont rangés ailleurs, avec mes archives et celles de mon père. Je pourrais les déplacer ici.

Je ne le ferai pas. Ils me semblent d'une nature différente. Ceux-ci, que je viens d'aligner dans l'état où je les ai trouvés, avec leurs signets à leur place et leurs couvertures soigneusement scotchées, me font maintenant l'effet d'un collier de suppliques. Chaque fois la même, celle que ma bouche n'avait pas réussi à former quand j'étais petite : « Maman, s'il te plaît, écoute-moi, aime-moi, je le mérite, j'y ai droit. »

Elle m'a lue, j'en suis sûre. Et elle y a pris, peut-être, du plaisir. Ça n'a rien changé, je n'ai pas réussi à la séduire, au sens originel du mot : la dévier de sa ligne, qui était de ne pas m'aimer. Elle a consenti, tout au plus, à voir en moi un ovni dont le sort avait voulu qu'elle soit la mère. Le produit d'un jeu de hasard, comme sa vie avec son mari. Chaque fois qu'on se voyait, d'ailleurs, il fallait qu'elle me le signifie – ou qu'elle se justifie, c'était indémêlable –, à sa façon, indirecte, me considérant de la tête aux pieds puis laissant tomber : « Le mariage est une loterie. »

Elle n'y a jamais manqué. À l'hôpital, c'est la dernière phrase qu'elle m'ait dite.

Avec ces livres, que j'appelle à présent « ceux d'avant », j'ai dû aussi chercher à la réparer, la consoler des épreuves qu'elle avait endurées. Sur ce point, je n'ai pas tout à fait raté mon coup. Lorsqu'on lui parlait de moi, elle était fière.

Une fois encore, à sa manière. Elle prononçait rarement mon prénom, m'a-t-on dit, ni le mot « fille », elle préférait mon nom d'auteur, même en ma présence. Je l'entends encore répondre à une amie qui lui téléphonait : « Non, je ne peux pas te parler, Irène Frain est là. » Nous étions dans sa salle à manger, à prendre le thé. Les larmes me sont venues, des larmes d'enfant, les seules que j'aie eues après la lettre de mon père. Je me suis tournée vers la fenêtre pour qu'elle n'en voie rien, et elle n'en a rien vu. Le lendemain, je repartais je ne sais où pour écrire.

41

Les mots de ma mère étaient puissants. Les uns m'ont émerveillée, ont réussi à réenchanter ma vie. D'autres furent meurtriers. Ils ne m'ont pas tuée – j'ai toujours préféré les premiers.

A-t-elle mesuré ce que je lui dois ? S'est-elle un jour aperçue qu'elle était la mère de mes histoires ? Je resterai à jamais dans l'incertitude. De mes livres, jusqu'au bout, elle ne m'a rien dit.

Je ne le regrette plus. Son silence comme son rejet m'ont rendue libre. Je n'ai pas été sa doublure, ni, plus lourd encore à porter, l'enfant chargé de ses rêves évanouis. J'ai pu m'écrire ma vie, qui était d'écrire. Même au moment où j'ai su que, de sa bouche, je n'aurais plus rien à attendre de bon, même quand j'ai vu que j'étais le couteau dans sa plaie. J'ai pris d'elle ce qu'il y avait de meilleur.

Chaque fois que je reviens dans la ville, je vais fleurir la tombe où elle dort aux côtés de mon père. Puis je dépose d'autres fleurs sur celle de Grande-Marraine – elle a fini ses jours ici, non loin de ma maison d'enfance ; et je termine mon circuit à l'autre bout du cimetière, sur la tombe de ma petite sœur, qui chercha elle aussi son salut dans les livres. Elle voulait devenir bibliothécaire, elle est morte jeune.

Ensuite, tout aussi rituellement, je rejoins la rue que je rêvais d'explorer du temps que j'étais une « demandeuse de lune » et je repasse devant la venelle qui mène à la cour et à la maison.

Nous l'avons quittée au printemps de mes quinze ans. Je suis partie sans états d'âme. Je ne pense pas m'être retournée. Je ne me souviens que de ma peine à soulever mon cartable, il était très lourd. Ça se passait un samedi matin et j'avais cours ; mon père, avant mon départ pour le lycée, m'avait demandé : « Emporte tous tes cahiers et tous tes livres de classe. Avec les déménageurs, on n'est sûr de rien. Si par malheur ils les abîmaient ou les perdaient… » Je ne pouvais pas me charger de mes dictionnaires de grec et de latin, il aurait fallu un autre sac ou un second cartable. Il trouva la solution : « Je vais les mettre avec les papiers de famille et le livret de Caisse d'épargne, je les transporterai moi-même, dans les sacoches de mon vélo. »

Je n'ai pas eu d'adieux à faire. Soisik et moi fréquentions le même lycée, nous nous y croiserions tous les jours. Quant à Maman Ec, elle avait quitté la cour. Un an plus tôt, elle s'était acheté, ou avait loué, je n'ai jamais su, un petit appartement dans un immeuble fraîchement bétonné. La télé, déjà, parvenait à y supplanter ses romans-photos. Je lui rendais visite de temps à autre. On ne se parlait plus guère, on se bornait à regarder la télé côte à côte sur son canapé. Dès que je rentrais, ma mère s'exaspérait : « Ah, celle-là, la mère Douarec, pour attirer les gens, elle est forte. Mais nous aussi, une télé, dans la maison neuve, on en aura une. Et un frigidaire, une machine à laver. C'est fini, tout ça. »

« Tout ça », c'était la cour. Lorsqu'elle évoquait la vie qui nous attendait, je me sentais, comme elle, soulagée, pleine d'allant. Je savais pourtant que là-bas, dans la maison neuve, où j'aurais une chambre à moi, elle ne me reconnaîtrait pas davantage de place dans la famille. Mais j'avais déjà pris mon écart. Au printemps précédent, quand le temps s'était mis au beau, vers la mi-mai, j'avais décidé de passer toutes mes nuits au grenier.

Comme du temps où j'y montais pour découper mes mères de papier, je n'en ai demandé la permission à personne, et nul n'a cherché à me l'interdire. Je ne suis redescendue dormir dans le clic-clac du rez-de-chaussée qu'au moment où les vents d'équinoxe se sont mis à siffler entre les ardoises.

Au retour du cimetière, c'est lui, le grenier, non la maison, que je viens saluer. Je m'aventure rarement dans la cour et la venelle. Je me contente de jeter un coup d'œil au toit, qu'on aperçoit depuis la rue. La seule vue de sa faîtière suffit à ressusciter ces premiers mois d'adolescence où, en toute conscience, je me suis inventé là-haut un ventre à histoires. Je ne savais pas au juste de quoi il était gros. Je m'y sentais bien, c'est tout. À ma place.

42

Pour finir, une nuit de cet été-là, qui fut le dernier dans la maison.

Jusqu'au matin, je laisserai la fenêtre grande ouverte sur le ciel. Un avion de la base aéronavale bourdonne au-dessus du toit. Le vent de mer, sur les fils tendus dans le jardin, fait frissonner des draps.

Depuis ma période « mères de papier », le chaos de livres, paperasses, journaux jaunis, choses usées et rouillées a beaucoup grossi. Sous l'ampoule électrique suspendue à la poutre maîtresse de la charpente, des objets où restent arrimées des histoires de ma mère surnagent malgré tout : le mannequin sans tête ni bras ni jambes, des sacs en croco de Grande-Marraine, des vestes et des chapeaux qui remontent au moins à l'année du bébé-à-tête-de-grenouille-qui-est-mort-vite, une cafetière fatiguée d'avoir tenu au chaud des dizaines et des dizaines de jus. Son émail ébréché s'épuise à attendre un rétameur qui ne viendra plus.

J'ai jeté un édredon de plume sur le sommier défoncé et m'y suis avachie. Il sent l'époque énigmatique que les femmes, lorsqu'elles palabraient au-dessus de la toile cirée de la cuisine, appelaient « dans le temps ». Je savais tout juste lire et écrire, je l'orthographiais mentalement « Danltan » et je me la représentais sous les espèces d'un maelström qui, si je n'y prenais pas garde, allait me happer par les pieds sans espoir de retour. Il m'effrayait d'autant plus que je devinais qu'une partie de mon histoire s'y était écrite.

Maintenant que je dors tous les soirs au grenier, le Danltan ne m'épouvante plus. Pour me donner la chair de poule, il ne reste que le mannequin et, au-dessus de moi, dans son recoin, la valise noire.

J'abandonne l'édredon, je rejoins la fenêtre ouverte sur le présent, toutes ces maisons, là-bas, où des lumières s'allument et s'éteignent. Il doit bien y avoir des raisons à ça, quelle est la vie des gens ? Ils ont aussi des hontes et des secrets, j'en suis sûre, peut-être des mères qui ne les aiment pas. Ou des placards interdits, comme Barbe-Bleue. Si c'est vrai, qu'est-ce que ça me passionnerait de les ouvrir et de voir ce qu'il y a dedans…

Une étoile monte, je la suis pendant un moment. Jusqu'où ira-t-elle ? En me penchant à la fenêtre, mon pied heurte un traité d'astronomie. Il a appartenu à mon père ; il l'a relu dix fois, m'a-t-il dit, du temps qu'il était prisonnier des Allemands. Je pourrais m'y plonger mais je n'ai pas envie. Enfin, pas aujourd'hui. J'ai emprunté un roman à la bibliothèque et je sais déjà qu'il me tiendra captive jusque tard dans la nuit.

Je repousse le moment de l'ouvrir. Je veux jouir encore de cet instant où, depuis la fenêtre, j'embrasse l'océan des possibles, toutes ces histoires qui ruissellent dans la nuit comme des sources.

Tiens, par exemple, le passé du quartier. Hier, à la bibliothèque, toujours, en fouinant dans les rayonnages, je suis tombée sur une chronique de la ville et j'ai appris que dans les vieilles maisons, là-bas, aux fenêtres qui s'allument puis s'éteignent, et si ça se trouve ici même, dans le deux-pièces, logèrent longtemps des calfats, des voiliers, des cordiers, des capitaines au long cours. Le livre disait aussi que sous nos jardins courent encore d'innombrables rigoles d'eau limpide ; d'après l'auteur, elles nourrissaient un aqueduc relié à un village de bicoques en bois situé tout au bord de l'estuaire. S'y entassaient jadis les ouvriers chargés de bâtir les goélettes, les frégates promises à l'extrême lointain, ces navires que ma mère, quand elle me montra le blason de la ville, appela les « bateaux partis loin ».

Quel beau temps, cette nuit rien qu'à moi. C'est juré, moi aussi, je partirai loin. La solitude, ici, au plus près du ciel, est forte, vibrante, gorgée d'une mémoire et d'une imagination aussi infinies que les étoiles. Je n'ai de comptes à rendre à personne, et toute confiance dans mes rêves. Je peux ressusciter les morts si ça me chante, et, si ça me chante aussi, les laisser poursuivre les vivants, à moins que je ne les laisse s'enterrer les uns les autres. Ça ne regarde que moi.

Tiens, une araignée. Depuis que j'apprends le grec, je sais qu'elle descend d'une fille qui passait son temps à raconter des histoires. Comme la mienne, sa vie est suspendue à un fil. N'empêche, l'air de rien, elle tisse sa toile.

Je musarde encore un moment, je traînaille, je gamberge, je m'échappe de l'instant pour mieux y revenir, je pioche dans le temps mort pour tenter d'en tirer quelque chose de vivant. Allez, reprends le carnet où tu collectionnes les noms qui, dans la ville, te poussent à divaguer comme tu fais maintenant. Le Café de l'Habitude, le Bistrot du pâté qui soûle, le Perroquet vert, le Pont chinois, la Fontaine des Anglais, la Puce-qui-Renifle, la rue de Chandernagor, celle du Siam et celle du Tonkin, la rue du Bout-du-Monde – oui, c'est juré-craché, j'irai au bout du monde et personne ne m'en empêchera.

Et de toute façon, les choses changent, le Temps est un ouvrier qui travaille la vie en silence, encore un peu de patience, comme dit mon père, et je partirai d'ici. Nuit après nuit, l'heure approche. Demain matin, après les tombées d'étoiles et les fenêtres qui s'allument et s'éteignent, c'est dans la poussière du rai de soleil jailli de la lucarne que je me découvrirai de nouveaux espoirs, d'autres histoires. Et peut-être, à force de rêvasser, la matière d'une lettre, que j'irai jeter dans la première boîte venue.

Oui, j'ai confiance. Les rivières du passé, je l'ai maintenant compris, ne cessent jamais d'abreuver le terreau de l'avenir. Un jour, je pourrai conjuguer la vie à tous les temps. Et pas qu'une fois. Mille et une, j'espère, comme cette Shéhérazade dont j'ai lu les contes un autre été sur l'édredon qui sent le Danltan.

Ah, il ne faut pas que j'oublie. À minuit pile, par la fenêtre, avec ma lampe de poche, je dois adresser dix signaux lumineux, pas un de plus, pas un de moins, à mon amie Mumu qui vit à l'autre bout de la rue. On partage le même secret : à l'approche des vacances, on lit jusqu'à deux, trois heures du matin. On ne s'interrompt qu'une fois, à minuit, pour s'envoyer ces jets de lumière. On appelle ça un signe de vie. D'elle ou de moi, je ne sais plus qui a inventé ce code et cette cérémonie.

Je remonte donc l'alarme d'un réveil Jaz à aiguilles fluorescentes que j'ai trouvé dans le capharnaüm. Par miracle il marche encore. Une minute avant l'heure du signe de vie, sa sonnerie m'arrachera à ma lecture. Puis, comme Mumu, je me replongerai dans mon livre, jusqu'au moment où le sommeil prendra la suite, me délivrera à son tour de la peur du silence et de l'abandon, avant de me faire renaître dans le matin neuf.

Remerciements

À Olivier Bétourné, à qui l'affaire du « livre interdit » révéla l'essentiel de cette histoire.

À tous ceux qui m'ont accompagnée et soutenue depuis l'enfance.

Retrouvez l'univers de *La Fille à histoires* sur :

www.irenefrain.com

DU MÊME AUTEUR

Quand les Bretons peuplaient les mers
Fayard, 1979, 1988

Contes du cheval bleu : les jours de grand vent
Jean Picollec Éditeur, 1980

Le Nabab
JC Lattès, 1982
et « Le Livre de poche », nº 6423

Modern Style
JC Lattès, 1984

Désirs
JC Lattès, 1986

Secret de famille
JC Lattès, 1989
et « Le Livre de poche », nº 6963

La Guirlande de Julie
Robert Laffont, 1991

Histoire de Lou
Fayard, 1990, 1993

Devi
Fayard, 1993

Quai des Indes
Fayard, 1993

Vive la mariée !
Du May, 1993

La Vallée des hommes perdus
L'Inde secrète
(aquarelles d'André Juillard)
Éditions DS, 1994

L'Homme fatal
Fayard, 1995

La Fée Chocolat
(illustrations de Laurent Berman)
Stock, 1995
Fayard, 2002

Le Fleuve bâtisseur
(photographies de Bérengère Jiquel)
PUF, 1997

L'Inimitable
Fayard, 1998

Lady Di
Éditions Assouline, 1998

À jamais
Albin Michel, 1999

La Maison de la source
Fayard, 2000

Julien Gracq et la Bretagne
Blanc Silex, 2000

La Côte d'amour
(photographies de Christian Renaut)
Alizés l'Esprit large, 2001

Pour que refleurisse le monde
Entretiens avec Jetsun Pema
Presses de la Renaissance, 2002

Les Hommes, etc.
Fayard, 2003

Le Guide du club des croqueurs de chocolat
(avec Sonia Rykiel et Julie Andrieu)
Michel Lafon, 2003

Le Bonheur de faire l'amour
dans sa cuisine et vice-versa
Fayard, 2004
et « Le Livre de poche », n° 30543

Les Couleurs de la mer
(photographies de Philip Plisson)
La Martinière, 2005

Au royaume des femmes
Fayard, 2007
et « Le Livre de poche », n° 31039

À la recherche du Royaume
(photographies de François Frain)
Maren Sell éditeurs, 2007

Gandhi, la liberté en marche
Timée Éditions, 2007

Les Naufragés de l'île Tromelin
Michel Lafon, 2009
et « J'ai lu », n° 9221

Le Navire de l'homme triste
et autres contes marins
L'Archipel, 2010
et « J'ai lu », n° 9910

La Forêt des vingt-neuf
Michel Lafon, 2011
et « J'ai lu », n° 9876

Beauvoir in love
Michel Lafon, 2012
et « J'ai lu », nº 10723

Sorti de rien
Seuil, 2013
et « Points », nº P3364

Marie Curie prend un amant
Seuil, 2015
et « Points », nº P4449

Il me fallait de l'aventure
Éditions de l'Aube, 2018

RÉALISATION : IGS-CP À L'ISLE-D'ESPAGNAC
IMPRESSION : CPI FRANCE
DÉPÔT LÉGAL : NOVEMBRE 2018. N° 138687 ( )
IMPRIMÉ EN FRANCE

RÉALISATION : IGS-CP À L'ISLE-D'ESPAGNAC
IMPRESSION : CPI FRANCE
DÉPÔT LÉGAL : NOVEMBRE 2018. N° 138687 (3030039)
IMPRIMÉ EN FRANCE